秩父事件　農民軍会計長

井上伝蔵の俳句

中嶋鬼谷 編著

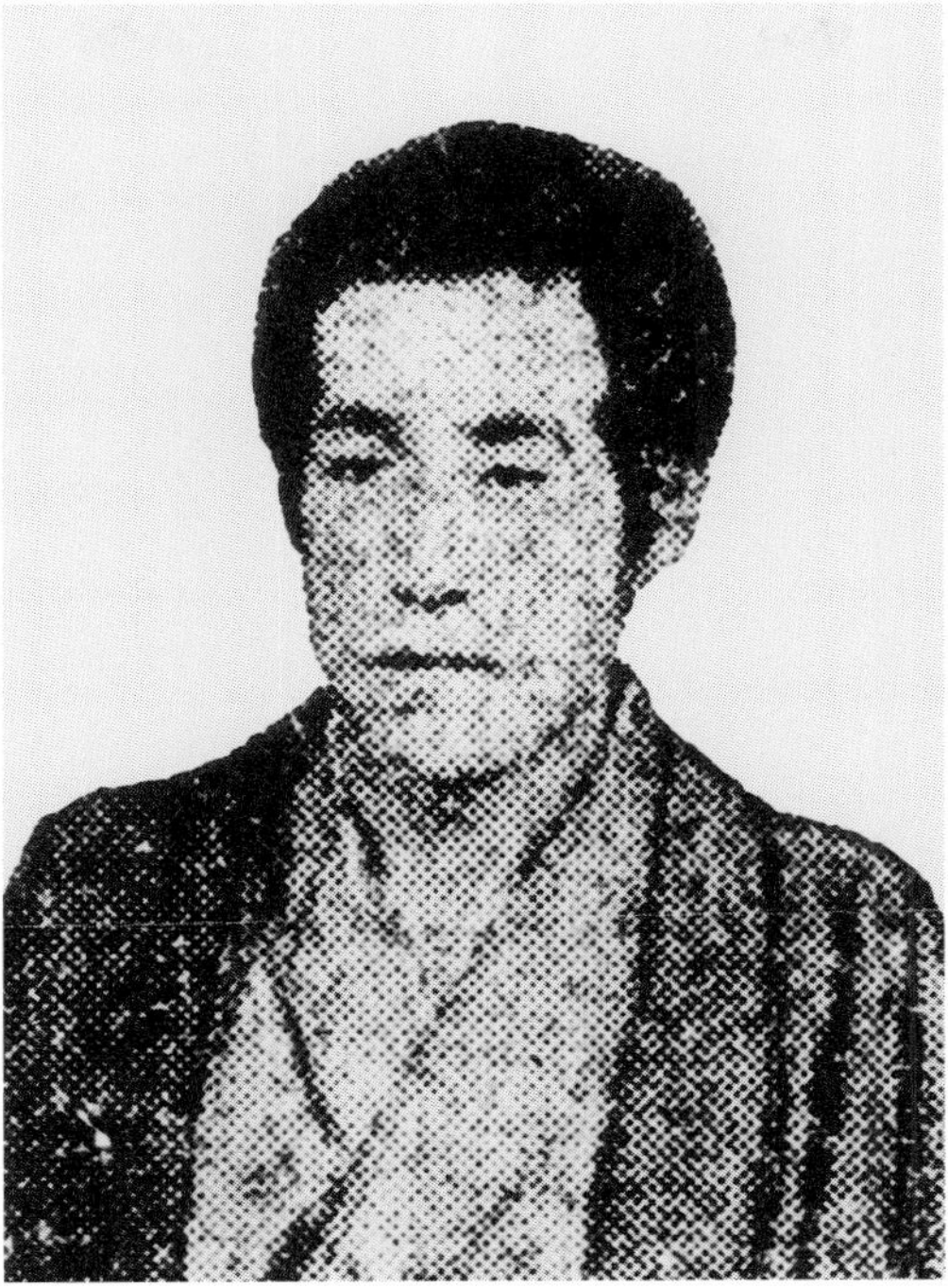

井上伝蔵　下吉田村戸長役場筆生時代

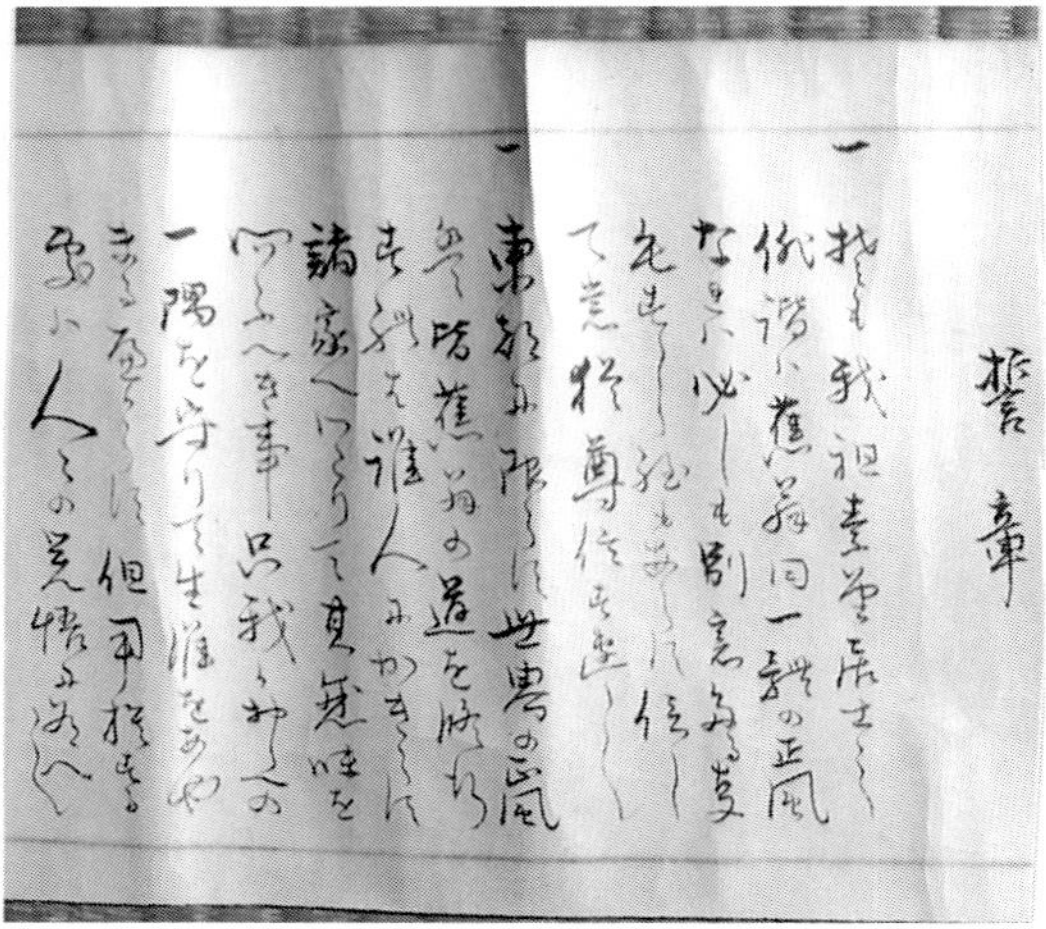

【井上家伝来の俳諧巻物】巻頭部分

誓　章

一そも我祖素堂居士之
俳諧ハ蕉翁同一体の正風
なれバ必しも別意たる事
毛すじ程もあらず信じ
ても猶尊信すべし

一東都に限らず世界の正風
は皆蕉翁の道を修行
すれば誰人にかぎらず
諸家へワたりて其感味を
問ふべき事只我がおしへの
一隅を守りて生涯をあや
まるべからず但用捨る
処ハ人々の覚悟に有べし

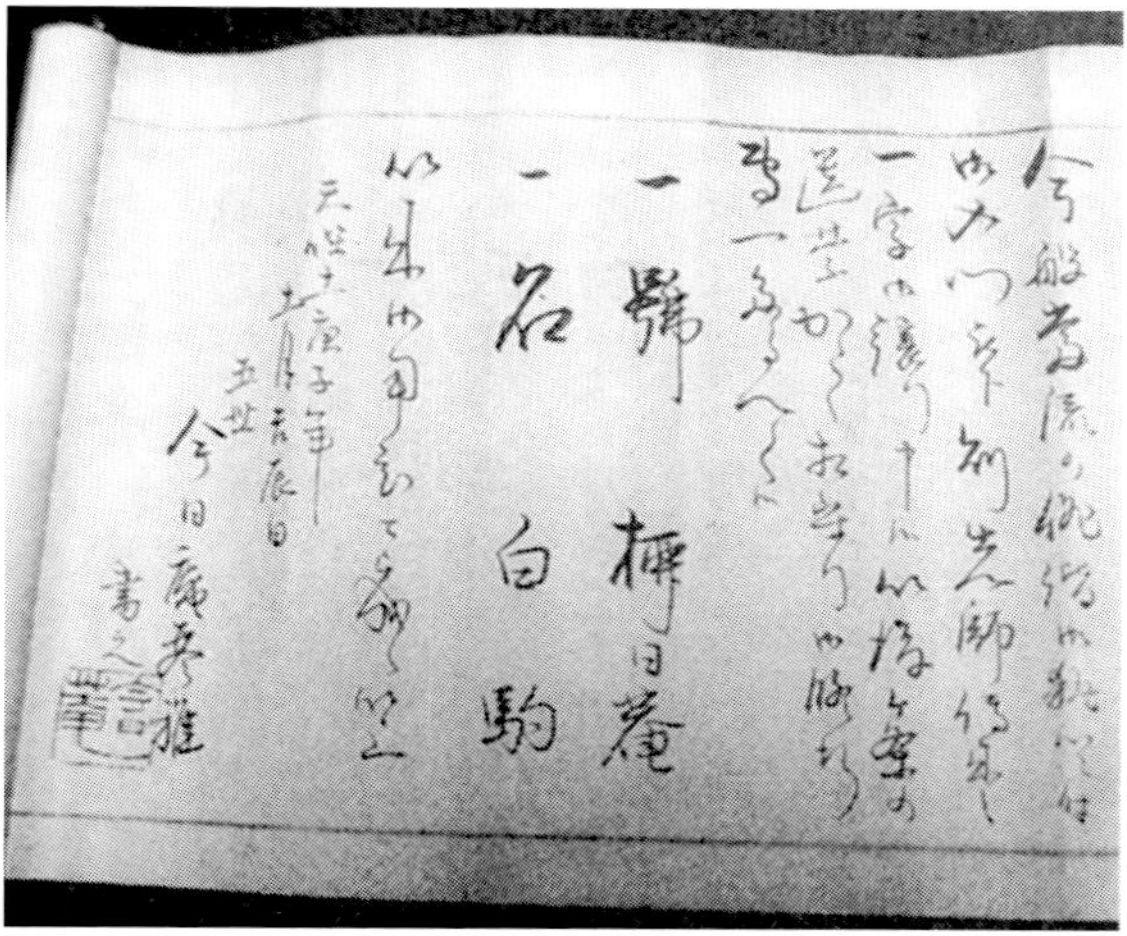

【井上家伝来の俳諧巻物】巻末部分

今般当流の俳諧御執心ニ付
御入門被下則先師伝来之
一字御譲り申候以後ケ条の
遺禁かたく相守り御修行
専一たるべく候
一号　　柳日庵
一名　　白駒
以来御用ひ可被成候　以上
天保十二庚子年
十一月吉辰日
五世
今日庵琴雅
書之　印

【井上伝蔵直筆短冊】石狩尚古社資料館蔵

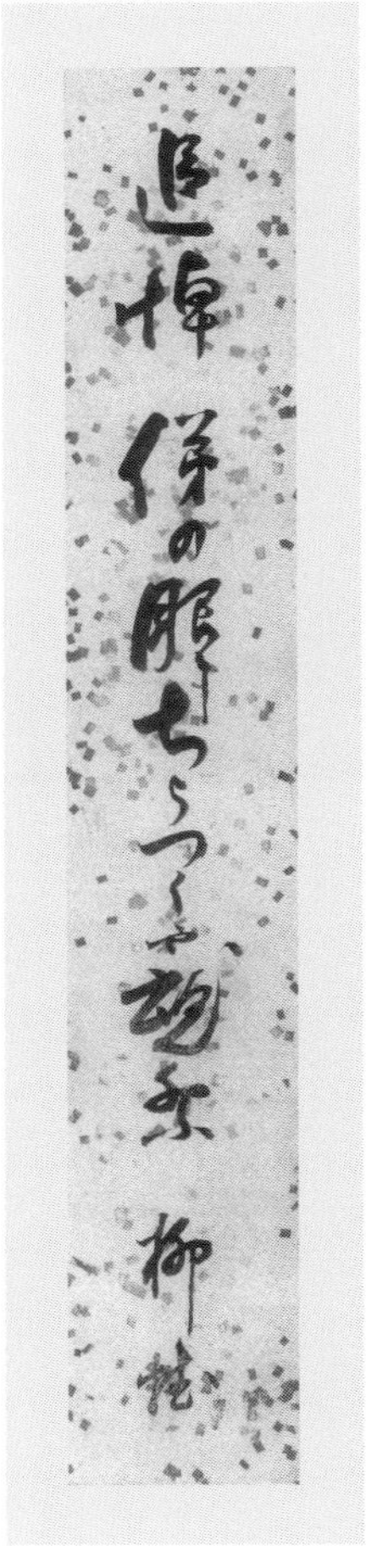

追悼　俤《おもかげ》の眼《め》にちらつくや魂祭《たままつり》　柳蛙

序――金子兜太先生からのお便り

貴兄の文章で、上田聴秋が上田都史（「海程」同人）の祖父と知ってショックを受けました。今度お送りいただいた貴文を拝見して、またショックを受けました。

伝蔵についてはほぼ研究済みと思っていたことが小生の不勉強の極みの故と分かったばかりか、俳句の丹念な発掘に加えて、こんなに粘り強い誠意のこもった研究が行われていることに、何よりもショックを受けたのです。貴文「石狩にて」はその一端でしょうが、克明なものです。明治四十四年に、伝蔵一家はさびれ果てた石狩町をあとにして札幌へ転居したことを記した文章を読んだとき、私に感動が訪れました。ドラマの高揚を味わったのです。この文章は研究（探求）であるとともに一篇のドラマでした。

それと、俳句でその人の生涯を語れることが素晴らしい。小生も一茶や山頭火でやっていますが、彼らは俳人ですから、これは当然です。遊俳伝蔵が俳句で語れることが素晴らしいわけです。

日本福祉大学教授の青木美智男氏は、一茶で近世中・後期の社会史を展開していて、これに感心したのですが、貴公の場合はそれに十分匹敵します。

小生かねがね、月並俳諧のあれだけ普及蔓延した幕末明治を、これで語れないはずはないと思っていたのですが、ものぐさで何もしていません。そのこと、貴兄や青木氏の仕事はまことに刺激的なのです。

感銘のままに、とりあえずお礼をしたためました。そして、これが貴公への激励の手紙になれば、と念じております。

御健筆を。

平成五年八月十七日

金子兜太

【註】

・上田聴秋（一八五二〜一九三二）享年八十。一八八四年（明治十七）梅黄社を興し、「鴨東集」（のち「俳諧鴨東新誌」と改題）を創刊。同誌は東京の三森幹雄の「俳諧明倫雑誌」と伍する全国的規模の旧派俳誌であった。門人は全国に及び、石狩地方にも有力俳人がいた。

・上田都史（一九〇六〜一九九二）享年八十六。上田聴秋の孫。一九三四年（昭和九）に個人誌「純粋」を創刊。戦後「俳句評論」を経て「海程」同人。放哉・山頭火の研究家として知られる。『自由律俳句文学史』（永田書房）など著書多数。

・青木美智男　一九三六年福島県生まれ。専門は日本近世社会史・文化史。日本福祉大学教授を経て、専修大学教授。著書に『一茶の時代』（校倉書房）、『百姓一揆の時代』（同前）、『深読み浮世風呂』（小学館）、『小林一茶』（岩波新書）など多数。二〇一三年死去。享年七十七。

・「石狩にて」は拙著『井上伝蔵―秩父事件と俳句』（邑書林）、『井上伝蔵とその時代』（埼玉新聞社）に収載。

井上伝蔵の俳句　目次

井上伝蔵の俳句

第一章　井上家の俳人たちとその作品

一・井上家伝来俳諧の巻物

一八八四年（明治十七）の秩父事件の指導者のひとりであった井上伝蔵《いのうえでんぞう》は、翌年欠席裁判で死刑を宣告され、郷里の知人斎藤新左衛門の土蔵に匿われたのち、北海道へ「国内亡命」（井出孫六氏の言葉）した。

郷里秩父の家にあった書籍や書画、俳諧の懐紙、色紙、短冊類はそのほとんどが焼却されたといわれるが、処分を免れたものに俳諧の巻物一巻があった。

この巻物は伝蔵の姉せきの三女志げが、一八九八年（明治三十一）三月十四日に横瀬《よこぜ》村（現秩父郡横瀬町）の浅見太市に嫁いだ時に持参したものであった。

一九九三年（平成五）、横瀬町に住む義兄の内藤長治氏に、知人の家に井上伝蔵に関する資料のあることを教えられ、義兄の案内で、当時町役場の助役であった浅見重夫氏（志げのお孫さん）を訪ね、巻物を拝見した。

写真におさめた巻物の翻刻を、一茶や白雄研究の第一人者である二松学舎大学教授の矢羽勝幸氏にお願いした。矢羽氏は巻物に書かれている「今日庵元夢《こんにちあんげんむ》」に注目され、以後様々なご教示をいただくことになった。

『誓章』と題する巻物は、四代井上伝蔵（宣将《のぶまさ》）が一八四〇年（天保十一）十一月に、五世「今日庵琴雅」より贈られたもので、今日庵の由来やその教えが書かれた幅十七・五センチ、長さ二九三センチの巻物である。巻末に次のようにある。

今般当流の俳諧御執心ニ付
御入門被下則先師伝来之
一字御譲り申候以後ケ条の
遺禁かたく相守り御修行
専一たるべく候
一　号　　柳日庵
一　名　　白　駒
以来御用ひ可被成候　以上

一八四〇年（天保十二）十一月のことであった。

ここに「柳日庵《りゅうじつあん》」と名告る今日庵門流が秩父郡吉田地方に誕生し、地方における宗匠として活躍することになる。

柳日庵初代　白駒《はくく》（四代井上伝蔵）

二代目　武甲《ぶこう》（五代井上伝蔵）

三代目　逸井《いっせい》（六代井上伝蔵）

柳日庵初代の白駒は一八五四年（嘉永七）六月三日に三十七歳（年齢は没年の誕生日後の満年齢、以下同様）の若さで他界。墓石の裏面に昌平黌教授の安積艮斎《あさかごんさい》による漢文の長文の墓碑銘が刻まれていることから、白駒（宣将）が昌平黌に学んだことが推測される。墓碑銘によると白駒は白皙の才人であったらしい。二代目武甲は十九歳で没した。逸井が秩父事件の指導者の一人となる六代井上伝蔵である。この伝蔵が欠席裁判で死刑の判決を受けたため、井上伝蔵家は六代で終り、「柳日庵」も三代で絶えることになった。

※『誓章』の巻物はその全文の翻刻・現代文訳が、野口正士編著『秩父の俳句紀行』（令和二年、私家版）に掲載されている。

二．幻の俳人「今日庵元夢」

山口素堂《そどう》の葛飾派には「其日庵《きじつあん》」と「今日庵《こんにちあん》」のあることは知られているが、手元にある二冊の俳文学関係の辞典には「今日庵」も「元夢《げんむ》」も登場しない。『俳諧大辞典』（明治書院、昭和三十二年初版、同三十六年七版）に山口素堂についての、長文の紹介がある。その中に「茶道の号に今日庵・其日庵」とある。だが「元夢」も俳諧の「今日庵」も登場しない。「其日庵」は独立した項目には無いが、「馬光《ばこう》」の項に「其日庵二世」とあり、また「素丸《そまる》」の項に「其日庵三世」とある。素丸は本名を溝口十太夫勝昌といい、幕臣で御書院番を務め、「その社会的地位を背景とし、葛飾蕉門を呼号するに到った」と記されている。このため、葛飾派といえば「其日庵」のみが知られるようになり、「今日庵」も「元夢」も忘れ去られた。

『俳文学大辞典』（角川書店、平成七年十月初版）には「素堂」「素丸」「馬光」「其日庵」

が登場するが「今日庵」も「元夢」も登場しない。
「其日庵」の解説は次のようなもの。「俳諧流派。素堂の茶室である其日庵から発生した呼称。以後、素堂を祖とする葛飾派に継承された。二世を馬光、三世を素丸、四世を野逸、五世を白芹が継ぎ、九世は錦江が継いだ。」

右の二冊の『辞典』には、俳諧流派としての「今日庵」も俳人「元夢」も登場しない。一茶の時代には知られていた流派であり俳人であったが、隆盛を極めた其日庵の影に隠れてしまったのである。

先に記したように、井上家に伝わる俳諧の巻物は矢羽勝幸氏により翻刻され、鬼谷が拙い現代文にして紹介した。

「抑《そも》今日庵の号は茶道千家の号なりたるを、宝永正徳の年間、その頃京都にこの庵号を嗣ぐべき先達なきによりて、山口氏素堂その道に長けたるがゆえに、しばらくこの号を預かり置かれて今日庵と称する時期あり。しかるにその後皇都に千家の英士出《いで》きたるによりて、この庵号をゆずられたりしが、俳諧の家にもこの号を用いんとその人を選ばれしが、門人の中、長谷川馬光その句当たれりとて嗣業を命ず。馬光氏慎みて領承せしが、我が懸《かかわり》を以てこの大名をけがさんこと怖れあり、後年吾が門に英勇あらばかならず再与せんと約す。」

かくして、「今日庵」は俳諧の流派の名となり、馬光から再与された人物が今日庵二世となった「元夢」であった。

角川の『俳文学大辞典』には、其日庵は十一世まで紹介されているが、今日庵の系譜は全く紹介されていない。

井上家の巻物によれば、素堂―元夢―一峨―元風―琴雅となる。

矢羽勝幸氏によると、今日庵は元夢ののち元阿に与えられ、一峨は元阿の後の庵主らしいとのことであるが、井上家の巻物との違いが何故生まれたのかつまびらかにしない。

元夢については、矢羽勝幸編『一茶の総合研究』（信濃毎日新聞社）所収の丸山一彦氏による「今日庵元夢」に詳しいが、井上家の巻物によって元夢の略歴を紹介しておく。

「北総布佐村に生まれ、のち佐倉の城主堀田侯に仕える医師だった。官職を辞して江戸橘丁に住んだ。寛政十二年七月三日卒　七十二歳　墓は北総布佐村にある。」

内野勝裕編著『埼玉俳諧人名辞典』（さきたま出版会、平成十五年初版）に元夢の紹介がある。

「元夢　げんむ　森田秀安（秀重）江戸の人。別号栢翁、三太坊、今日庵など多い。利根町布川（現茨城県）の出身で、江戸に出て旗本となった。葛飾派長谷川馬光の門に入り業俳として活躍した。小林一茶の師でもある。」（以下略）

文中「旗本となった」は信用しがたいが、一茶が元夢を師としたことについては、丸山一彦氏による「今日庵元夢」に詳しい。

青年期の一茶は葛飾派の影響のもとに育ち、その最初の師を二六庵竹阿とするのが定説となっている。しかし、丸山氏の論考によると、竹阿が江戸に居た時期は極めて短く、再三にわたる西国行の末、ついに彼の地に庵居し、浪花俳壇の人となって二十年の歳月を西国に過ごす。晩年江戸に帰住し、いくばくもなく寛政二年三月十三日に八十歳で没した。この間、一茶との直接的な交流はほとんどなく、いわば一茶は竹阿に私淑し追慕したというのが実情のようである。

一茶が早くから親密な関係を持ち師事したのは元夢だった。丸山氏はこう指摘する。

「錦江編の『葛飾蕉門分脈系図』に、元夢　二世今日庵。栢翁又安袋。後老我と改む。森田秀安・秀重。三代五色墨の作者。某年死す、とある。この『分脈系図』は、素丸の直系を記すに忠実であっても、竹阿や元夢など、馬光の流れをひく傍系俳人に対しては、不当に省筆したと思われる節が少なくない」――と。しかも、記述に誤りがあり、俳号は老我、栢翁、安袋（帒）、元夢の順であるという。

丸山氏は、元夢の出身地を下総布川としているが、井上家の巻物によれば、下総布佐村（千葉県我孫子市布佐）の出身であり、「墳ハ北総布佐村ニ在」とある。矢羽勝幸氏は布佐の出身と考えたいと語っている。没年は一八〇〇年（寛政十二）七月三日、享年七十三。（一茶の「吟社懐旧録」には寛政十二年七月二日に七十四歳没、となっている。矢羽氏はどちらが正しいか不明とされている。）

丸山氏の論考は、その最後の部分に、武州小鹿野の十輪寺の芭蕉句碑について記されている。以下、引用して紹介する。

「……寛政四年の十月には、一峨の『蕉翁百回追遠集』が成り、元夢はこれに跋を書き与えた。一峨は一志庵と号し、元夢門として一茶とも親交があり、元夢の没後その今日庵を再興しようとして、葛飾宗家と紛争を起した当の人物である。翌五年は芭蕉の百回忌に正当し、追善法要や句碑の建立などが、全国各地で盛んに行われたが、元夢社中でも、武州小鹿野の門人中阿の手で、同地十輪寺の境内に芭蕉の句碑が営まれた。この碑は同寺に現存し、碑面には元夢の筆で『梅が香に』の一句が刻まれ、裏面に『寛政五癸

丑十月十二日　中阿坊朴叟建之』とある。『発句集』に、

武州秩父小鹿野なる十輪寺の境内に、中阿坊翁の塚を建立して、

春の葉のこぼれて塚の花卯木

とあるのが、これを指すのであろう。中阿については、同じく『発句集』に、

画ハ許六を師とす、俳諧ハ我門人とすと、翁の古事をおもひ出して、

予も亦画ハ中阿を師とす、俳諧ハ我が門人として侍る。

やればば取る花の返しや草の餅

とあつて、画技にも秀でていたことが知られる。十輪寺には中阿の辞世吟を刻んだ句碑も現存する。」

小鹿野町の十輪寺境内の芭蕉句碑とは、

梅が香にのつと日の出る山路かな　　　はせを

である。中阿の辞世の句は、

辞世

枯野原雪にあふてハさんからかア　文化九年十二月二十六日　杖笠坊中阿居士

というもので、「さんからかア」が意味不明とされている。この「さんからかア」は、元禄時代に流行し、天保時代にふたたび流行ったといわれる「さんがらが節」(二上りの小唄節)の囃であろう。「さあさ、さんがらが」とはやした。小鹿野に、絵もよくした飄逸な俳士がいたのである。朴叟は中阿の別号。

内野勝裕編著『埼玉俳諧人名辞典』は、元夢について以下のように記している。

「両神村薄の薬師堂の俳額にもその名を見る。元夢が秩父地方の俳壇に大きな影響を与えていることがわかる。編著も『俳諧節用集』『俳諧五十三駅』『長ふくべ』等多い。」

どうやら、秩父地方に「今日庵」の俳諧を持ち込んだのは元夢らしい。この今日庵の流れの端に井上一族の「柳日庵」「連日庵」も生まれたのである。

芭蕉句碑建立の寛政五年は西暦一七九三年で、井上家が今日庵に入門した年より四十七年以前のことである。

三．井上家の俳人たち

井上伝蔵の弟菜作の子孫の家から井上一族の俳諧集が発見された。

「五箇《ごか》　連日庵《れんじつあん》　井上家」

これが発見された俳諧集の表題である。

「連日庵」は伝蔵の父・類之助（類作、俳号都名《つな》）の庵号で、後年、類之助は井上商店からやや離れた所に住み、崖田《はけた》井上と呼ばれた。五箇井上は白駒の家である。五箇井上家の庵号は「柳日庵《りゅうじつあん》」であり、表題は「五箇　柳日庵　井上家」となるはずである。子孫が「連日庵」としたのは、柳日庵白駒が若くして没した後、地方宗匠として長く活躍することになった都名の印象が強く残ったためであろう。

先ず、冒頭に一首の和歌がしたためられている。

秋の野に咲きつる花を指折りてかきかぞへれば七草の花　詠人不知

この歌は『万葉集』の一首、「山上臣憶良の、秋の野の花を詠む二首」の内の「其の一」による。

秋の野に咲きたる花を指《およ》び折りかき数ふれば七種《ななくさ》の花　（巻八・一五三七）

井上家の俳諧集が『万葉集』の、それも憶良の歌から始まっているのは何とも嬉しいことである。学識豊かな山口素堂の流れを汲む葛飾派今日庵の地方宗匠の家柄らしい才覚である。

この俳諧集をまとめたのは、秩父事件に参加した六代伝蔵の弟萊作とその子孫である。もともと作品は口伝されたもののようで、以下に見るように何ヶ所か不明なところがある。右の「七種の歌」なども口伝であることを示していよう。

この巻物は井上家が俳諧の一族であったことを知らしめる貴重な資料であり、保存してくださった子孫の方々に感謝申し上げたい。

次に、収録作品を作者別に分類して紹介し、鑑賞したい。

井上家系図

＊没年は満年齢

鉢形城北条安房守氏邦の家臣・家老井上三河守光英の同族井上織部助（吉田代官）を先祖とする。

（分家）

初代　井上伝蔵（万治郎）
一八一〇年（文化七）没
「真嶺道先居士」

四代　井上源内
寛延四年一月七日没
「自然洞明居士」

二代　井上伝蔵（磯五郎）
（一七五五～一八四八）
弘化五年正月六日没
九十三歳
「徳翁道寿居士」

三代　井上伝蔵（常治郎）
（一七八〇～一八三六）
天保七年五月九日没
五十六歳
「廓然良聖居士」

（妻）
弘化四年没　六十五歳
「廓岩宗昌大姉」

四代　井上伝蔵（宣将）
俳号　柳日庵白駒
（一八一七～一八五四）
嘉永七年六月三日没
三十七歳
「一法伝心居士」

（妻）**伊藤津屋**（江戸の人）
嘉永七年九月没　三十一歳
「湖月浄珊大姉」

P23（A）へ

井上類之介（懿憲）
明治二年 **類作**と改名
俳号　連日庵都名
明治三十六年十二月二十五日没
八十四歳
「梅林道香居士」

（妻）**そで**（俳号楚亭）
明治三十年七月二十七日没
七十三歳
「梅室妙香大姉」

P23（B）へ

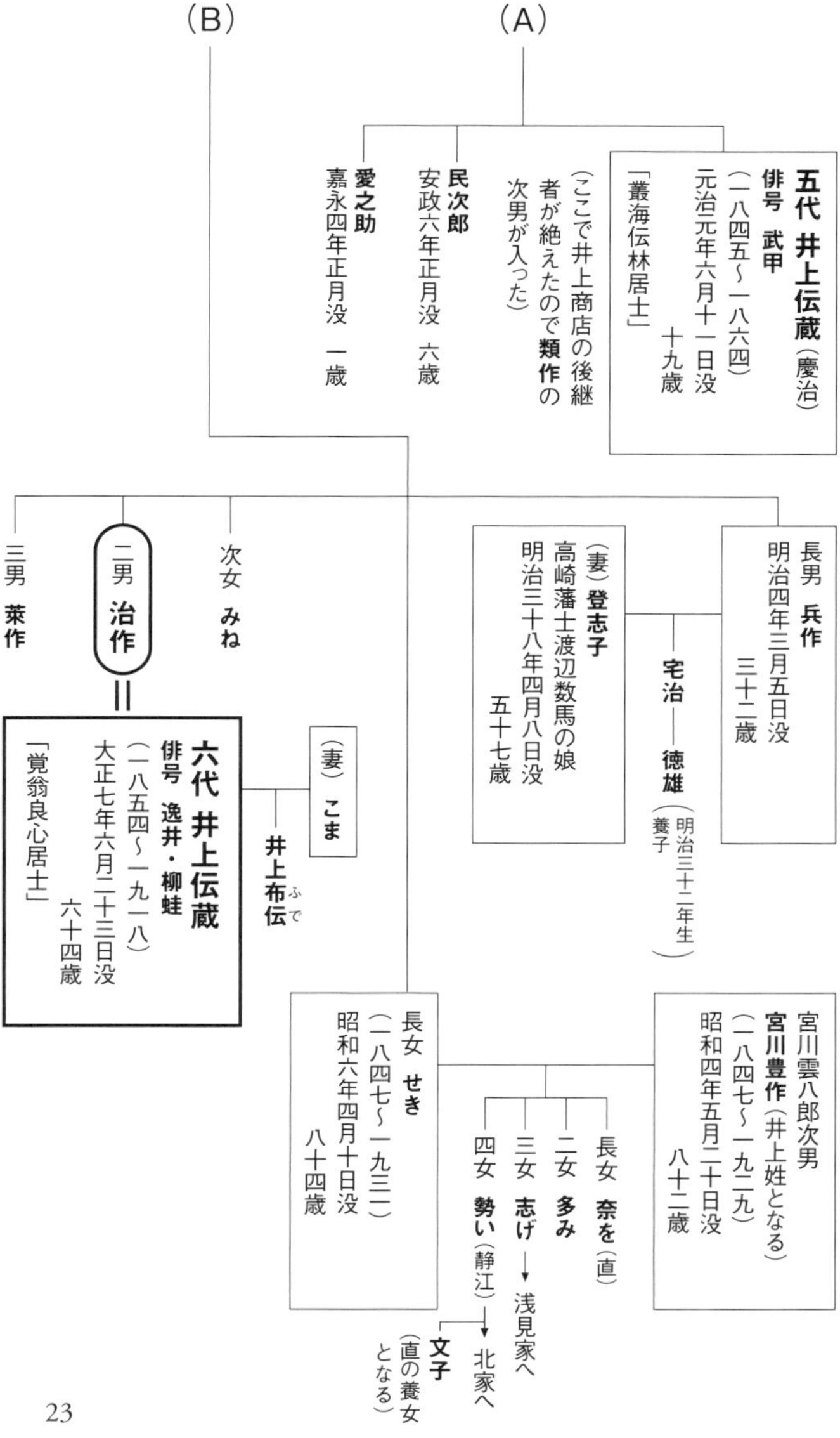
（A）
（B）
五代 井上伝蔵（慶治）
俳号 武甲
（一八四五〜一八六四）
元治元年六月十一日没
十九歳
「叢海伝林居士」
（ここで井上商店の後継者が絶えたので類作の次男が入った）
民次郎
安政六年正月没 六歳
愛之助
嘉永四年正月没 一歳
長男 兵作
明治四年三月五日没
三十二歳
（妻）登志子
高崎藩士渡辺数馬の娘
明治三十八年四月八日没
五十七歳
宅治
徳雄
（明治三十二年生 養子）
次女 みね
二男 治作
三男 莱作
（妻）こま
井上布伝《ふで》
六代 井上伝蔵
俳号 逸井・柳蛙
（一八五四〜一九一八）
大正七年六月二十三日没
六十四歳
「覚翁良心居士」
宮川雲八郎次男
宮川豊作（井上姓となる）
（一八四七〜一九二九）
昭和四年五月二十日没
八十二歳
長女 せき
（一八四七〜一九三一）
昭和六年四月十日没
八十四歳
長女 奈を（直）
二女 多み
三女 志げ → 浅見家へ
四女 勢い（静江）→ 北家へ
文子
（直の養女となる）

◆四代伝蔵　白駒の俳句

夜《よ》なべの座《ざ》はづし笛《ふえ》吹《ふ》く俊家老《しゅんかろう》

五箇　白駒傳蔵

〈夜なべ　季・秋〉

＊ルビは現代仮名遣いで付す。

白駒《はくく》は四代井上伝蔵（宣将《のぶまさ》・一八一七〜一八五四）である。一八五四年（嘉永七）六月三日に三十七歳の若さで没した。江戸から嫁入りしてきた妻の津屋も同年九月十三日に死去した。三人の子も夭逝する。一家が結核におかされたのではないか、とする説もある。

この四代井上伝蔵宣将が今日庵五世琴雅から宗匠を認可され、「今日庵」の一字「日」を貰って「柳日庵」と号した。五箇井上家はこの代より「柳日庵」を名告ることになる。

この巻物は横瀬町浅見家に現存する。巻物発見の経緯は前に述べた。北海道時代の伝蔵が俳号を「柳蛙《りゅうあ》」としたのもこの「柳」にちなんでのことであろう。類之助（類作）が「連日庵」の号を得たのも同時期であろう。類作も「宗匠」と呼ばれていた。

掲出の句は、家族うちそろって夜なべ仕事をしている時、中の老人がひとり座をはずして笛を吹き始めたというのである。老人とは三代井上伝蔵（常治郎）であろうか、あるいは常治郎より長生きした二代井上伝蔵（磯五郎）か。ともかく、何とも風流な老人である。朗々と響く笛の音を聞きながら夜なべ仕事は続く。家族一同の顔から疲労の色が消えて、部屋の空気まで和むかのようである。

句中、「俊」の文字は判読に迷う文字だが、「俊」とした。俊兄、俊弟などの語があるので「俊家老」も成り立つだろう。そうであれば、「才知にすぐれた一族の長老」の意である。

白駒が活躍していた頃、小林一茶という個性が世を去って後の文政末から天保に入る頃の俳壇は有力な作家も現れないままに凋落していた。多くの宗匠は点取宗匠として堕落し、偶像化された芭蕉を自己の権威付けに利用し身の安泰をはかろうとしていた。自己に忠実たろうとする俳人は決して世に迎えられることはなかった。

こうした時代に、秩父の山峡の村に、質朴にして繊細な俳句をつくる一族がいたのである。

舞《まい》ならふ裾《すそ》に冷《ひえ》もつ夜《よ》となりぬ　白駒

〈冷え　季・秋〉

伝蔵の姪静江の夫である北栄の著『井上伝蔵』（プロダクト埴輪、昭和四十六年三月一日刊）に次のような条《くだり》がある。

「一族郎党は集つて、義太夫を初める《（ママ）》。三味線は勿論、鼓、太鼓、芝居と皆好きずきにしたがつて、稽古するやうになつていつた。東京等から、俳優がみえると、全一座の人々を招待して御馳走をしたり、踊りをみせてもらつたり、果ては自分等もその仲間入りして楽しむのであつた。」

文中の「東京等から」は六代伝蔵を主にした表現で、古くは「江戸等から」となる。はからずも、白駒の俳句が北栄の文章の信憑性を証明することとなった。

秩父における歌舞伎俳優の始祖は、井上家のある下吉田村井上耕地出身の板東彦五郎である。一八三四年（天保五）没。彦五郎は文化文政の頃、江戸に出て三世板東三津五郎に師事して修業を積み、帰郷後近在の若者に芝居を教え、沢山の弟子を育て、今に伝わる秩父歌舞伎の基を築いた人である。江戸の一座もしばしば秩父にやってきた。

井上家の当主は、まだ明るい内から舞を習っている。やがて夜となり、いつしか裾に冷気が忍び寄ってきたというのである。作者の繊細な感性を示す作品である。

【註】二〇〇三年（平成十五）六月末、北海道時代の伝蔵の三女・佐藤セツさんの長男・佐藤知行さんが、自宅の資料の中から井上商店の「萬之通《よろずのかよい》」（大福帳）を発見された。そのコピーを写真家の品川栄嗣さんから頂いた。「萬之通」は一八二八年（文政十一）から一八三三年（天保四）に亙るものである。二代伝蔵（磯五郎）、あるいは三代伝蔵（常治郎）の頃のものであるが、所々に「秩父吉田「丸井」井上傳蔵　井上村」の印があり、当時、井上耕地を「井上村」と呼んでい

たことが解る。記録は当時の諸物価を知る上でも貴重な資料であるが、中に、「高山村　南清太夫様」、「南栄左衛門殿」宛の納品書（あるいは領収書）がある。この「太夫」は歌舞伎の興行主の意と思われる。井上家と歌舞伎一座の深い関わりを偲ばせる資料である。高山村は後に吾野村に合併された小村である。

ここに記されている項目には、上米、米、上麦、麦、小糠、塩、玉（銘仙用の玉糸か）、それに精米代などがある。『田中千弥日記』によれば、この外に呉服から土鍋などの日用品まで取り扱っていた。二棟の蔵のうち、一棟は倉庫兼店舗で、他に精米のための施設もあったようである。

生糸や銘仙などを扱っていたことは子孫の伝聞等からあきらかである。

屋《や》根《ね》の石《いし》多《おお》き里《さと》なり雪《ゆき》解《げ》風《かぜ》　白駒

〈雪解風　季・春〉

下吉田村一帯の村々は国境にある。峠を越えれば上州である。その国境に屹立する城峯山、両神山から吹き下ろす山颪《やまおろし》に備えて家々の屋根に石が置かれている。今はその激しい風もやや弱まって春を知らせる雪解風が吹いているよ、という句意である。この屋根の下で、人々は苦しい時代を凌いで暮らしているのである。

ひと処《ところ》破《や》れし土塀《どべい》に春《はる》の雨《あめ》　白駒

〈春の雨　季・春〉

ひと所崩れた土塀にあたたかな春の雨が滲んで土の色を濃くしている。作者は近づいてまじまじと見入っている。土に混ぜた藁なども見える。

やがてそこに草花などが芽を出す気配さえ感じさせる句である。土塀の破れに視線をとどめるところに、この作者のこまやかな観察眼と詩才が見える。白駒が活躍した時代は幕末の混乱期で、格式ある寺院の塀なども崩れるにまかせていたのだろう。

散《ち》る銀杏《いちよう》掃《は》き溜《た》めてあり授戒寺《じゆかいでら》　白駒

〈銀杏散る　季・秋〉

授戒寺は「授戒会」を行う寺の意。授戒会は一般の在家の者に在家戒を授ける法会のこと。箒目のついた広い境内の一隅に、銀杏落葉の鮮やかな黄色の小山が見える。「銀杏落葉」ではなく「散る銀杏」とした。いまも散りつつあるのだ。この表現を得て、にわかに空間が広がり、古びた堂塔伽藍をそびらにして舞い落ちる銀杏の葉の輝きまで見えてくる。

枯野寺《かれのでら》訪《と》ふ人《ひと》もなく暮《く》れにけり　白駒

〈枯野　季・冬〉

万象枯れつくした荒涼とした景の中に、うらぶれた寺がひっそりと佇んでいる。やがてあたりが暮れなずむ頃、庫裡の一隅にぽっと暗いあかりが灯ったのだろう。白駒は叙情の人だったようだ。しかも極めて上質の叙情である。おそらく、秩父地方有数の作家であったろう。

観音信仰が盛んだった一七五〇年（寛延三）頃には正月から三月末までに四、五万人の巡礼が秩父にやって来たという記録がある（『秩父市誌』）。飢饉が続き、政治も混乱を極めつつあった天保期には、観音巡礼も途絶えたのだろう。

藁沓《わらぐつ》の土間《どま》に干《ほ》しある冬日《ふゆび》かな　白駒

〈冬日　季・冬〉

秩父地方でも藁沓を用いていたことをこの句によって初めて知った。私の少年時代（昭和十年代）には既になかった。

雪の降る中をやって来た藁沓が土間に干してある。ある冬の日のこと、とそれだけを詠んだ句である。「土間に干しある」で、戸外には雪が降り続いていることがわかる。

雪晴なら戸外に干すはずだ。したがって、「冬日」は冬の太陽ではない。冬のある日の謂である。

読み進みながら、この白駒という作者は、なんと日常身辺のありふれた素材を詠む人なのだろうか、と感心させられる。その素材がみごとな詩の世界を展開している。ただ者ではないことは確かだが、作品に孤愁の漂うのは病弱であったためか。この作者が嘉永七年に三十七歳で没した遠い時代の人であることを思い起こす時、その俳句の新しさにあらためて驚かされる。

井上家の俳句はこの白駒から本格化したとみてよいだろう。

白駒の句を読む私たちは、そこに新鮮な「写生」の眼のあることに気付く。真摯に自然や人間の生活を見つめる詩人の眼には、屋根の石、崩れた土塀や藁沓が詩のモチーフとして立ち顕れるのである。

内野勝裕編著『埼玉俳諧人名辞典』（さきたま出版会）に、「秩父札所三十三番菊水寺の奉納俳額などにその俳名を見る」として、白駒の次の一句を掲げている。

てふ飛《とぶ》や登《のぼり》て見たい山斗《ばか》り　白駒

一八四六年（弘化三）、芭蕉百五十回忌追福の句碑建立を記念して俳諧集『そのにほひ』が刊行された。句集所有者は小鹿野町長久保の旧家・髙田家。郷土史研究家で写真家の野口正士氏が、小鹿野町教育委員会の山本正実氏の協力を得て原本にたどり着いた。碑の句は、

清く聞《きか》ん耳に香炷《たい》て子規《ほととぎす》　はせを

『みなしぐり』の句。建立者は小鹿野町の医師で月院社何丸《なにまる》門の飯田不識《ふしき》（本名・震斎）。俳諧集『そのにほひ』の編集責任者。この句集に白駒の連句と発句が載っている。当時、三十歳。

百韻

紙雛の夫婦ながらに似た笑顔　白駒
のんきな恋を語る馬士ども　東雲

発句

ゆらぐ日にむせたやうなりなく鶉　　白駒

白駒の名は『俳諧人名録二編』（惟草庵惟草輯、初編・天保七年、後編・弘化三年）にも見えるという。

秩父の郷にあって、中央にまで名の知られた俳人であった。

白駒は秩父札所三十一番観音院の供養塔にその名が刻まれている。この供養塔は本堂再建を記念して建てられたもので、多くの寄進者の中の大口寄進者の一人にその名がある。井上家はその財力もあって、西秩父地方における今日庵の中心的存在であったのではなかろうか。

再建された本堂は栄螺堂式という螺旋状の建物で、秩父三十四ヶ所の中で最も壮麗な建造物であり、一七九〇年（寛政二）頃、加舎《かや》白雄《しらお》も訪れ次の句碑が建立された。

かくのごとく瀧にぬれけり夏ころも　　白雄

白駒は本堂の完工をみてから三年後に世を去る。この本堂は一八九三年（明治二十六）二月二十三日に焼失した。

尚、この寺は日本野鳥の会を創立した中西悟堂（一八九五～一九八四）が十歳の頃、養父悟玄の教化により断食の苦行を行い、鳥に親しんだことでも知られている。

◆連日庵都名（六代伝蔵の父）の俳句

粉《こな》雪《ゆき》や貴《き》布《ぶ》禰《ね》の杜《もり》の欅《けや》大《たい》樹《じゅ》

五箇　都名傳蔵
〈粉雪　季・冬〉

都名《つな》は井上類作の俳号。一八六九年（明治二）頃、類之助を類作と改名した。一九〇三年（明治三十六）十二月二十五日、八十四歳で没した。都名は白駒の弟、わが伝蔵の父親である。前述のように分家して「五箇」とは別な「崖田」に住み、旧時代は組頭を務めた。妻のそでは高崎藩士斎藤佐平の長女で、楚亭《そてい》と号して俳句に親しんだ。井上一族は女性たちも俳句を嗜んだのである。幼少の伝蔵は類作と母から学問を学んだのではなかろうか。伝蔵はそでが三十歳の時の子である。遅い出産であるだけに、玉のように可愛がったことであろう。そでは一八九七年（明治三十）七月二十七日に七十三歳で没した。

この記録の「五箇　都名　傳蔵」が正しければ、類之助は一時「傳蔵」を継いだ時期があったということになる。白駒夫妻が時を隔てず世を去った時、長男の慶治は九歳の少年だった。慶治が成長するまで類之助が「傳蔵」を襲名したことがあったのだろうか。

掲出句は、茫々たる粉雪の中に聳える欅の大樹の姿を詠んだものである。神の木に荘厳なものを感じているのだ。

この貴布禰神社の神楽は埼玉県指定無形民俗文化財となっている。『吉田町史』によると、江戸系統に属する岩戸神楽の一種で、文化初年に神官宮川和泉によって伝えられたものという。この宮川和泉（雲八郎）が、後に類作の長女せきの夫となる豊作の父である。

寒《かん》雷《らい》や峡《かい》にひれふし大《おお》藁《わら》屋《や》　都名
〈寒雷　季・冬〉

寒雷の乾いた響きが山々にこだまする。それも頭を叩かれるような圧倒的な響きである。峡にひれふしている大藁屋は伝蔵家「丸井」井上商店の屋根か。山仕事の折に俯瞰した景であろう。「ひれふし」が寒雷の激しい響きを届ける。雷神の前に人間の営為の微小さを感じているのだ。この句は幕末か明治の初めにつくられたものと思われる。「寒雷」という季語をこの時代に使っている句は極めて珍しいだろう。俳句史上、この一事だけでも価値ある作品である。

明治四年の下吉田村の地図の制作者は、戸長・井上誠一郎、組頭・井上類作、百姓代・井上周蔵である。地図には一軒ごとに屋根が描かれ、その家の主の名と石高が記されている貴重な資料。この地図も村全体を俯瞰したものである。右の句は、地図を制作する過程の作か、などと推測するのも楽しい。

【註】この地図は個人蔵であるが、縮小した複製が『吉田町史』の付録となっている。

（現在、吉田町は秩父市と合併しその一部となっている。）

灰皿《はいざら》を叩《たた》く音《おと》のみ寒《かん》の雨《あめ》　都名

〈寒の雨　季・冬〉

静かな屋内で作者は煙草を吸っている。刻み煙草を煙管に詰めて吸う。やがて煙管を灰皿の縁で叩いて灰を落とす。それを何度も繰り返している。

冬の雨の日はこれといった仕事もない。せいぜい草鞋を編むくらいなものである。終日煙草を吸い、おりおり雨の戸外を眺めて俳句などひねっている。

農家の灰皿は木の根っこをくり抜いて作った大型のものである。叩くといい音がする。作者は己の立てた音に耳を澄まして聞き入っている。冷たい雨の下の大きな家の静寂と、暇をもてあます作者の所在なさがみごとに詠みとめられている。

昼寝《ひるね》覚《ざ》め物云《ものい》はずして煙草《たばこ》吸《す》ふ　都名

〈昼寝　季・夏〉

昼寝から覚めた時はしばらく頭がぼうとしているものだ。この半ば無意識の心理状態は現代俳句でも好んで詠まれてきた。

昼寝覚うつしみの空あをくと　川端茅舎

うつし世にかなしく覚めし昼寝かな　日野草城

この方法は今日ではすでにパターン化している。都名は、覚めやらぬ意識を「物云はずして」と無骨に端的に表現した。口を開く気にもならないのだ。ただ、ひとり黙然と煙草をふかしている。骨太い作風がここにはある。

散《ち》らされし肥《こえ》をあさりて寒鴉《かんがらす》　**都名**

〈寒鴉　季・冬〉

畑に撒かれた肥に餌を探すカラスが見える。どんな餌を探しているのだろうか、と作者は眺めている。この肥は堆肥だろう。堆肥はバクテリアの活動によって熱を持ち、兜虫などの幼虫が棲む。その幼虫も一緒に撒かれる。冬枯れの野面にひときわ黒いカラスの、啄んでは頭をもたげる姿が見える。

尚、堆肥は「コエ」、人糞肥料は「オトシ」と言った。

田《た》の中《なか》に何《なに》を漁《あさ》るか寒《かん》鴉《がらす》　都名

〈寒鴉　季・冬〉

寒鴉の句が二句続くと、都名という作者が鴉に執着する人物のように思われてくる。それも餌を漁る冬の鴉だ。作者は餌の少ない冬を生きる鴉に何か哀れを感じているのではないか。この作者のたたずまいはいつも静かである。井上商店の経営を次男治作にまかせて後の隠居暮らしの頃の作か。句に、井上一族の長老としての風格のようなものが滲んでいる。

父《ちち》と子《こ》と二人《ふたり》楽《たの》しき睦月《むつき》かな

都名

〈睦月　季・新年〉

「睦月」は陰暦正月の称で、陽暦では二月頃にあたる。最近の歳時記は陽暦の一月を睦月として「新年」に分類するが、本来、陰暦の「睦月」は「春」である。この月から春が始まる。だから「むつましづき」とも言うのである。

この「むつましづき」に父と子がまさしく睦まじく楽しく語らっているのである。なんとあたたかな景であろうか。父は類作、子は伝蔵であろう。

やがてこの父子に別離の日がくることなど誰が予想したであろうか。

秩父事件後、伝蔵が同胞と別れて家を去っていく時の類作のようすを北栄著『井上伝蔵』は次のように伝える。

「父は神棚へお燈明をあげ、その下で頭を畳にすりつけて、平べつたくなり、止めどなく流れて来る血の涙、いつまでたつても顔をあげなかつた」

ことに「平べつたくなり」に老父の力尽きた慟哭の様がみえる。

北栄著『井上伝蔵』は伝蔵の姉せきの長女静江の口述に基づいて書かれたが、静江は豊作・せきの両親から聞いたものであろう。せきは、伝蔵失踪後も陰膳を供え続けたという。

都名の俳句には作者の心根のやさしさが滲んでいる。この父親のやさしさを伝蔵も引き継いだのであろう。

【註】弘化三年刊俳諧集『そのにほひ』に次の発句が載っている。当時二十八歳。

柴《しば》くるみかゝへ込《こ》みたるいとゞかな　　都名

〈いとど＝竈馬　季・秋〉

◆五代伝蔵　武甲の俳句

参《さん》道《どう》に欅《けやき》大《たい》樹《じゅ》や初《はつ》詣《もうで》

五箇武甲　傳蔵

〈初詣　季・新年〉

五代井上伝蔵・慶治（一八四五〜一八六四）は俳号を武甲《ぶこう》といった。一八六四年（元治元）六月十一日に十九歳の若さで没した。二人の弟、民次郎と愛之助はそれぞれ六歳、一歳で早世した。両親の相次ぐ死といい、この一家を病魔が襲ったとしか考えられない。

右の句は少年期の作であろう。この欅も類作の詠んだ貴布禰神社の大欅で、古地図によれば社殿に向かう参道の左に聳えていた。新年の篝火に照らし出された大欅である。

貴布禰神社は井上耕地の氏神であり、初詣はこの神社であったろう。初学のういういしさの漂う句である。

武甲は井上家の俳人たちに囲まれて育った。記録された俳句はいずれも十代の作である。そのことを念頭に置いて鑑賞したい。

薄《うす》日《び》和《より》頬《ほお》冠《かむ》りして女《おんな》たち　武甲

〈頬被　季・冬〉

薄曇りの、空っ風の吹きすさぶ戸外で、防寒のために女たちが頬被りをして作業している姿が、少年の目には珍しくも面白く感じられたのであろう。私は少年時代に頬被りの農婦を見たことはない。作業する農婦は一様に姉さん被りであった。武甲少年の頃もそうであったろうが、その日だけは、ことさらに寒気も厳しく、風も強かったのだろう。作者にとっても珍しい景だったが故に句にしたのだ。おそらく、この「女たち」はそろって「麦踏み」をしている。頬被りを取れば、

村人の女等は皆ひびの顔　高野素十

であろう。

訪《たず》ぬれば梅《ばい》香《か》漂《ただよ》ひ羅《ら》漢《かん》寺《でら》　武甲

〈梅香　季・春〉

「訪れば」など、すでにいっぱしの俳人の風格。「梅香漂ひ」の措辞など、やや成長してからの作と思われるが、いずれにしても十代の少年の作である。

梅《つ》雨《ゆ》明《あ》けの燕《つばめ》二《に》度《ど》目《め》の巣《す》ごもりす　武甲

〈梅雨明　季・夏〉

燕は二度子育てをする。家に籠もりがちの少年ならではの発見であろう。明るい戸外から礫のように土間に飛来する燕を見つめている色白の病弱の少年の姿が思われる。

水《すい》郷《ごう》の闇《やみ》に点《てん》々《てん》飛《と》ぶ螢《ほたる》　　武甲
〈螢　季・夏〉

何の技巧も凝らさない見たままの諷詠である。「点々」は正確な描写である。光を曳く螢のイメージは映像文化の発達した近年の所産である。作者が少年であることもあるが、総じて井上家の俳句は古い時代の機知や古典の知識などに拠らない淡白で爽快な作風である。

一人《ひとり》居《い》て夏《なつ》炉《ろ》を守《まも》る媼《おうな》かな　　武甲
〈夏炉　季・夏〉

少年が青年になりつつある頃の作と思われる。農村の夏炉は、例の「夏炉冬扇」にいう無用のものではない。梅雨寒の頃の蚕のための暖であるかもしれない。作者はひとりでその炉を守っている媼の姿に何か心に感じるものがあったのだ。

木枯《こがらし》の何時《いつ》かやみゐし寝覚《ねざ》めかな　　武甲

〈木枯　季・冬〉

数少ない作品から、この作者の成長の過程が手に取るように解る。そしてこの見事な一句に至る。

おそらく、病床にあった時の作だろう。目覚めたのは真夜中であろうか。吹き荒んでいた木枯がはたと止んでいる。その静けさゆえに目覚めたのだ。深読みすれば、この時、青年は残り幾ばくもない命のはかなさを感じていたのかもしれない。

加藤楸邨に次の句がある。

颱風の秋風となりゐし目覚　　句集『寒雷』

ここに武甲の句を並べてみよう。

木枯の何時かやみゐし寝覚めかな　　武甲

楸邨の発想とほとんど変わらないことに気付く。現代俳句の中に置いても、その新鮮な感性はいささかも色褪せることはない。

この一句によって俳人武甲は記憶されるだろう。武甲の死を記した『田中千弥日記』が「俳号武甲」と書きとめたのは、二十歳にしてすでに一家をなすほどの腕前であったからに相違ない。早世の惜しまれる人である。

◆六代伝蔵　逸井の俳句

病《や》む母《はは》と居《お》るも楽《たの》しき年《とし》忘《わす》れ　逸井

〈年忘　季・冬〉

逸井《いっせい》は六代井上伝蔵（治作、一八五四〜一九一八、享年六十四）の秩父時代の俳号。北海道時代は伊藤柳蛙《りゅうあ》と号した。「病む母」は伝蔵の母そで（俳号・楚亭《そてい》）である。この句の「病む母と居るも」の次に「楽しき」とあることにいささか驚かされる。「病む母」の次には作者の寂寥の心象風景がひろがるものだろう。例えば、

病める母の障子の外の枯野かな　原　石鼎

『原石鼎全句集』大正三年作

ところが、伝蔵の句は何と「楽しき」なのである。この性格の明るさはほとんど天性のものだ。きっと病身の母にとって伝蔵は心の支えであったろう。この、人を慈しむ心が借金苦の農民たちを見捨てられず、自ら秩父事件に参加していった伝蔵の心根である。「年忘れ」は今でいう「忘年会」のこと。一族が集まって一年の労をねぎらいあっている。そこに「病む母」もにこやかに居るのである。

こうした句を読むと、伝蔵がやさしい目をした人物であったことが思われる。落合寅市ら農民の話を頷きながら聞いている伝蔵の姿まで彷彿とさせる。

大寒《だいかん》の朝焼《あさや》け空《ぞら》や川千鳥《かわちどり》　**逸井**

〈大寒、川千鳥　季・冬〉

秩父事件当時、伝蔵は三十歳だったから、掲句は二十代の作だろうが、既に堂々たる作風。

寒さも極まる大寒の頃の朝焼は、凍雲の紅もひときわ透明である。その紅が次第に溶解し、谷間を流れる川の淡い光の河原に千鳥が餌を漁っているのである。大景の中の小さな命を詠み止めた格調高い一句。

梅雨《つゆ》明けや郭公《かっこう》ひねもす鳴《な》き続《つづ》け　逸井

〈梅雨明、郭公　季・夏〉

「郭公」と書いて古い時代は「ほととぎす」とも読んだ。だがここでは「かっこう」だろう。寒く暗い梅雨が明けた解放感を、時を刻むように鳴き続ける郭公の明るい声に象徴させた句である。

榾《ほた》の虫炉辺《むしろべ》におろおろはひ上《あが》り　逸井

〈榾、炉　季・冬〉

囲炉裏にくべた榾木《ほたぎ》が次第に熱くなり、榾の中に巣くっていた虫がたまらず穴から這い出して、炉辺に這い上がってきたのである。その虫の様子を「おろおろ」と表現したのである。おそらくカミキリムシの幼虫であろうから動きは鈍い。その虫があわてふためいているのである。熱から逃れようとする動作は誠に「おろおろ」としか言いようがない。同時に、この「おろおろ」には作者のこの虫に寄せる哀れみのようなものもうかがえる。山の民はこの幼虫を十能で煎って醬油を垂らし酒の肴にした。蜂の子も同様にして食した。

年越《としこし》の二合《にごう》の酒《さけ》の美味《うま》かりし　　逸井

〈年越　季・冬〉

井上家俳諧集の原句の座五は「美味しかり」となっている。このまま読めば「おいしかり」であるが、これは所謂「女房ことば」で「美《い》しい」に「お」を付けたもの。年越しの酒を呑んでいるのだから伝蔵が成人してからの作で、もう立派な男である。幼児期なら「おいしい」と言ったかもしれない。伝蔵の母のそでは高崎藩士の娘だったから母に教わった言葉と考えればそれもありうる。しかし、明治初期の男が「おいしい」などとは言わないだろう。原句は〈年越の二合の酒の美味《うま》しかり〉であるが、「美味かりし」を子孫が書き間違えたものと思われる。男性が「おいしい」と言いはじめたのは戦後のことである。

訃《ふ》のしらせ我《わ》家《が》皆《や》ゐて炉《みな》辺《ろ》寒《べ》し　逸井

〈炉、寒し　季・冬〉

「訃のしらせ」で切れる。次に「我家皆ゐて」と続く。そして「炉辺寒し」である。このモンタージュ的手法によって、訃報を受けて囲炉裏を囲む一族の悲嘆の表情が榾火に照らし出されるのである。「我家皆ゐて」によって、訃報を受けた時の家族それぞれの驚きの表情が見える。そして、「炉辺寒し」と皆の心が沈み込んだのだ。それにしても、訃報が届いた時の家族の様子を、人は俳句に詠むだろうか。死因は何であったのかなどの話題が静かに交わされるはずであろう。伝蔵はその家族の様子を俳句に詠むことの出来た人物であった。
秩父事件の蜂起にいたる直前、この地方では借金に苦しむ農民の夜逃げや縊死《いし》が相次いだ。この訃報もそうした死であったろうか。

秩父の子孫に残された俳諧集の井上伝蔵（逸井）の句は以上の六句である。総じて、伝蔵の俳句は大景を捉えるおおらかさ、命あるものへの愛惜、前向きの明るさ、技巧をこらさない端的な感情表現にその特質がある。自由民権思想を学び、時の政府に対決しつつも、ニヒリズムなどとは無縁な人物だったようである。

◆俳諧の連歌

次に紹介するのは、「俳諧明倫雑誌」第十三・十四合併号（明治十四年十一月十五日発行）掲載の「五月十日武蔵秩父郡下吉田村萬松精舎ニ於て雪洞庵幸麿翁霊祭雅筵詩歌書画挿花會本日諸先生揮毫席上俳諧の連歌」による。同様な記録が『田中千弥日記』にもあるが、一部の作品と作者名が「明倫雑誌」とは異なる。ここでは「明倫雑誌」掲載のものを紹介する。（　）内は『千弥日記』に記された俳号。

待ちかねて寝たばかりなり杜宇《ほととぎす》　幸麿翁
古きをしのぶ卯の花の窓　義村
睦みあふ言葉崩さぬ交はりに　幹雄
あるが上にも水撰みする　秋津（重雄）
志らくと消ゆる間を澄朝の月　竹露
発し畑ハはじめての霜　重雄（都名）

遣《つか》はれて秋は小牛の太るなり　都名（豊什）

　呼びて呼ばれて蕎麦に喰あく　楠斎

気のかるい丈ハ得意の仲人好　豊硯

　妻沼《めぬま》生まれは舟もたゞのる　豊壽

初冬の風ハ日暮にふいとやみ　寥厄

　しめり工《ぐ》合《あい》も麦の蒔ころ　☆逸井

今に又かへる月見の道者衆　茂翠

　約束のある鴫を買はるゝ　有斐

新藁にふいた斗《ばか》りの片ひさし　由子

　隣も遠きうらの裏関　竹閑

此あたり花にゆるやぐ銭廻り　爲流

　わづかのうちに苣《ふき》の薹《とう》立《たつ》　霞山

養《や》父《ぶ》入《いり》の心やさしき宗旨こり　桂雄

　瓦の寄進居ながらにつく　梅楽

居る儘に自としれる湯の利め　松景（松風）

鱠《なます》をきざむ包丁のさ江　松風（一声）
襷《たすき》にも潜らす髪をいとはれて　閑斎
十日もつゞけ御局の留守　楠甫
思ふ圖にしと〳〵雨の降出し　喜月
界《かい》淮《わい》の田ハみな青うなる　壽水
暑さうにならぶ稲荷の赤鳥居　有風
醴《あまざけ》うれてなおる身代　一甫
名月のもてなし種もあり合せ　有哉
忘れてよいは扇なるべし　梅月（文衛）
散かゝる柳にはつむふる手布　渓堂（梅月）
うるさく過る物貫ひなり　雅鶴（松章）
井戸もかへ埋樋も伏る小寄合　一声（雅鶴）
敷居の外へ火入おしやる　豊什（秋津）
花の香は昔のまゝにみち渡り　桑古
志たしく遊ぶ遠近の蝶　筆（幸麿翁）

【註】「筆」とは「執筆」のこと。執筆兼読師は杉浦山月である。

俳諧の連歌は約束ごとがあり、慣れない者の手には負えない。右のように聴衆の前で発表するものは、事前に作られていたものに参加者の名をあてがう方法が取られた。この連歌もそうして作られたものであろう。『千弥日記』の俳号が当初の予定の「作者名」だったのであろう。

主な参加者の顔ぶれを見ておきたい。

義村（下吉田村　田中千弥）当時五十五歳。庵号を菅《すげの》迺家《や》という。農耕の傍ら正史、詩文、歌俳に親しみ、村内の貴《き》布《ぶ》禰《ね》神社、県社椋《むく》神社の神官を務めた。一八五〇年（嘉永三）から晩年の明治三十一年までの四十九年間書き続けられた膨大な日記と「秩父暴動雑録」は秩父の民俗や秩父事件の研究にとって貴重な史料となっている。一八九八年（明治三十一）没、七十二歳。千弥は尊皇敬神の思想の持ち主で、自由民権思想と対立した。

幹雄（東京　三森幹雄）一八二九年（文政十二）〜一九一〇年（明治四十三）、八十一歳。

春秋庵。明治政府の俳諧教導職（俳諧史上俳人が初めて政府の役人になった）。明治十三年「俳諧明倫雑誌」を創刊。門弟三千人を数えた。秩父からも田中千弥以下多数の入門者がいた。明治十七年の教導職廃止後は神道芭蕉派として蕉風明倫教会、俳諧矯風会を興し旧派俳諧の中心的存在であった。尚、この俳諧連歌の巻かれた当日幹雄は参加せず、句のみ寄せた。

秋津（曾根秋津）　曾根忠信の孫、他不詳。

竹露（下吉田村　斎藤利平）　当時の戸長斎藤謙二の父。尺木堂竹露《しゃくもくどうちくろ》と号し、地方の宗匠。旧幕時代は寺子屋を開くなど村の教養人の一人だった。村内有数の資産家であり、弟の柴崎佐平は小鹿野町の高利貸で、明治十七年の秩父事件の際、農民軍の打毀しにあった。三男の小三太《こさんた》は村内の医師岩崎隆道の養子となり、後に「ほうそうえ先生」と呼ばれた。竹露は一八八七年（明治二十）三月没。六十八歳。

竹露の別号の尺木堂は、当時中央俳壇で活躍していた月院社何丸《なにまる》の子「尺木堂公石」によるもので、竹露は公石の門流であった。公石は秩父札所三十三番菊水寺で客死している。

菊水寺には埼玉県で最古といわれる芭蕉句碑がある。

寒菊や粉糠のかかる臼の端　　芭蕉（『炭俵』）

一七四三年（寛保三）十月十二日建立。書は建部涼袋による。

都名（下吉田村　井上類之助、後年類作と改名）　六代井上伝蔵の父。当時六十二歳。葛飾派今日庵の流れを汲み連日庵《れんじつあん》都名《つな》と号する地方俳諧の宗匠だった。伝蔵に「丸井」（井上商店）を任せ、隠居（別居）していた。妻のそでは高崎藩士斎藤佐平の長女で、楚亭と号して俳句に親しんだ。一九〇三年（明治三十六）十二月二十五日没、八十四歳。

楠斎（下吉田村　斎藤謙二）　斎藤利平の長男。当時、下吉田村の戸長。伝蔵の姉・みねは謙二の愛人であり、井上家とは深い繋がりを持つ人物である。歌俳、書をよくし、この歌仙では評者を務めた。尚、農民軍副総理・加藤織平の墓碑は謙二の筆になる。一九一〇年（明治四十三）十月四日没、六十七歳。

逸井（下吉田村　井上伝蔵）　一八五四年（安政元）〜一九一八年（大正七）。当時二十七歳。下吉田村役場「筆生」（助役に相当する任）。一九一八年（大正七）六月二十三日、北海道で没。六十四歳。

豊壽（下吉田村　宮本泰寿郎）　当時三十二歳。明治十二年の連合村当時、村会議員。明治十六年八月筆生。神官・宮本世規内の子。

茂翠（正木金作）　武州の人。「明倫雑誌」印刷担当者。明治三十五年没。

有斐（下吉田村　井上善作）　井上伝蔵の右腕として活躍。秩父事件後行方不明。「ねんごろの話に更る長夜かな」『千弥日記』に残る唯一の句である。

爲流（志倉伊八）　上州高崎の人。三森幹雄の師・志倉西馬の養子。明治十九年没、三十九歳。

楠甫（下吉田村　新井龍太郎）　田中耕地・新井歌蔵の子。当時三十二歳。

喜月（下吉田村　岸十七吉）　当時二十四歳。明治十二年、連合村の村会議員。後明治十六年筆生増員の際、伝蔵と共に村役場の筆生。「明倫雑誌」第二十九号（明治十六年四月二十日発行）に次の句が見える。

戸長役場の開業式を祝して

みな人のこころ開くや白牡丹　　喜月

十七吉は、俳句を千弥に学び「明倫雑誌」に拠ったが、明治二十年代の「俳諧鴨東新誌」（京都の上田聴秋主宰）にも、楠甫と共に作品が見える。秩父事件に参加、科料一円五十銭。明治三十年に第四代下吉田村村長に就任。

壽水（下吉田村　新井浜三郎）当時十七歳。秩父事件には椋神社集結時より参加。罰金十円の処罰は極めて多額。平均二円程度である。

有哉（松本有次郎　文暉庵有哉）大宮郷（現・秩父市）で紺屋「大こくや」を営む俳人。地方の大宗匠であり、「明倫雑誌」の主要作家のひとり。明治十九年十月の追福雅会には三森幹雄も参加している。一九一三年（大正二）没。八十四歳。

雅鶴（藤倉村　浅見亭作）当時三十八歳。秩父事件に参加、科料一円七十五銭。

豊什（下吉田村）別号を葛羅庵と称する地方宗匠。自宅の庭に門人による建立と伝わる句碑「夏籠《げごもり》やこころの垢の捨所」がある。明治十四年九月十日没、七十四歳。

桑古（天野善助）上州勢多郡の人。養志軒。西馬に学ぶ。学校をおこすなど郷党のために尽くした人物。明治三十年没。

杉浦山月　東京浅草の人。孤山堂、風光堂。

◆伝蔵の短歌

濁《にご》りなき御代《みよ》に者阿《はあ》れど今年《ことし》より八年之後《やとせののち》はいとゞ寿《す》むべし

この歌は伝蔵の思想を知る上で極めて貴重な資料である。作られたのは、一八八一年（明治十四）十月十二日に発せられた「明治二十三年国会開設の勅諭」をもとに、その八年前すなわち明治十五年に相違ない。

自由民権運動は国会開設運動を軸に展開された。明治十年代にあって、伝蔵が「八年の後」に期待したものは「国会開設」をおいて他にない。さらにもう一つの根拠は次のこと。

『田中千弥日記』明治十四年十二月七日の記録に「斎藤平兵衛氏ヨリ、十五年一月御歌会ノ御題布達ノ写ヲ送ラル　御題河水久澄」とある。平兵衛は当時の戸長。歌会始の投吟を戸長役場が管理したのである。

伝蔵の歌は、この兼題に関わりがあると私は考える。「濁なき」「寿む」が兼題に符合するからである。当時、戸長役場の筆生であった伝蔵は、千弥らの応募作品を目にしたに相違ない。歌俳に通じる伝蔵が作品の集約を担当した可能性さえある。『千弥日記』には応募した歌が記されている。

○すめやすめすめらみことの大御饌に千代もさゝけん玉川の水　千弥

○大君のみけつ水にと神代よりさだめやおきし此玉川ハ　千弥

（「みけつ」は「御食つ」―天皇の飲食物―の意）

○立かへる浪も静《しづけき》大御代はいく代のすめる玉川の水　岸十七吉

○国ツ民くろをゆへりてとことハに田川の水もすめる御代かな　岩崎玄貞

（「くろをゆへりて」は「畔を結へりて」）

『田中千弥日記』には「此分　梅村相保　宮本世規内　斎藤利平　斎藤謙二等詠進セリ」とある。

伝蔵はこれらの歌を読み、いささか唖然とし、やがて鼻白んだことだろう。誰ひとりとして「国会開設の勅諭」を詠んでいなかったからである。ちなみに『千弥日記』は、勅諭について一言も触れていない。神官である千弥の期待する国家像は、神聖不可侵の天皇による政（まつりごと）にあった。

伝蔵はやおら筆を執った。

濁なき御代に者阿れど今年より八年之後はいとゞ寿《す》むべし

この歌にはしたたかな意思が込められている。

先ず「にはあれど」という逆接の表現。例えば「美形にはあれど」の次に来るのは「心冷たきひと」のような否定である。この時、この「ひと」は肯定されてはいない。同様に、ここでの「濁なき御代」も全的には肯定されてはいない。次に「べし」という、ある事態への確信。

歌の大意はこうなる。

〈世間では「濁りなき御代」としきりに称えているが、だいぶ濁っているではないか、それより、八年の後に国会が開設され民意が国政に反映されるようになれば、もっと澄んだ世の中になる。きっとそうなる。〉

「いとゞ寿《す》むべし」という確信から、伝蔵が「国会開設」運動に深く関わっていたことが想像される。
この歌は風布《ふっぷ》村の指導者大野福次郎にわたされたもので、福次郎は自由党員勧誘の冊子の表紙裏にこの歌を貼り夜を徹して奮闘した。

天朝に敵対するから加勢せよ

と、村の仲間たちに呼びかけたのは大野福次郎など風布村のリーダーたちである。

第二章

北海道時代（俳号・柳蛙《りゅうあ》）

一・伝蔵　伊藤柳蛙の俳句

井上伝蔵が伊藤房次郎の別名を用いて北海道の石狩川河口の町に住み始めたのは、一八八七年（明治二十）の春頃である。ここ石狩で二十三年の歳月を送る。石狩の生活を除いて伝蔵を語ることは出来ない。

この町に安政三年から続く「尚古社《しょうこしゃ》」という俳句結社があり、町の名士が集っていた。「尚古社」に参加した伊藤房次郎こと井上伝蔵は「柳蛙《りゅうあ》」と号した。

高橋江雪君の初老を祝して

扱《あつか》ひも行《ゆき》届《とどき》けり梅《うめ》の宿《やど》　柳蛙

〈梅の宿　季・春〉

一八九二年（明治二十五）、伝蔵三十八歳の作。「初老《しょろう》」は四十歳の異称。江雪は尚古社の友人高橋儀兵衛（嘉永六年生）のこと。彼は明治三十六年にオーストラリア・メルボルンへ商用で行き、帰国後、高橋合資会社を創立し缶詰の他スモークド・サーモンも製品化した町の有力者のひとり。

初老の祝に招かれた伝蔵（房次郎）は高橋家の丁重なもてなしに謝し、高橋家の家紋の梅を配して一句とした。伝蔵が高橋家と親しく交流したのは俳句の縁によるだろうが、代書や経理の仕事も担当していたからであろう。

当時、伝蔵は石狩郡親船町北十七番地に二十三歳年下の内縁の妻ミキと新居を構えていた。親船町は石狩川と併走する町のメインストリートで、札幌方面から馬車で来ると、通りの左手に能量寺、石狩新聞社、区裁判所出張所、郵便局、右手に警察署、役場があり、左右に商店が軒を連ねていた。同じ親船町に、伝蔵が代書の仕事を手伝っていた土地測量および売買・官庁向代書の成田筆耕所があった。高橋家は石狩川沿いの船場町にあり、伝蔵の住まいの近くだった。

この年の一月一日、町の東端に建設された石狩灯台に灯が点った。六角形の木造で高さ十三・六メートル、光源には石油灯を用いた。明治四十一年には鉄製円筒となった。昭和三十二年の松竹映画『喜びも悲しみも幾歳月』で一躍有名になる。初灯の日は豪雨で石狩川は氾濫していた。五月、石狩市街大火。この年の鮭漁獲高は五十四万三千尾。尚、掲出句が北海道における伝蔵の最初の作品という訳ではない。これ以前の作品がまだ発見されていないのである。

高橋梅卜《ばいぼく》居士霊前に奉祭りて

梅雨晴《つゆばれ》や手向《たむ》けの水《みず》に立《た》つ煙《けむり》　柳蛙

〈梅雨晴　季・夏〉

一八九三年（明治二十六）、三十九歳。

梅卜は高橋儀兵衛の祖父の俳号。梅卜は越後から石狩に来て、明治二十年十月この地で没した。

伝蔵は梅卜の七回忌（と思われる）に招かれて霊前にこの句を捧げた。北海道には

「梅雨」というべき気象は無いのだが、時候を表す俳諧の季語として用いたものである。

梅雨晴のやや寒いその日、井戸から汲み上げたばかりの手向けの水から、うすうすと湯気が立ちのぼっている。仏前に端座している伝蔵の静かなたたずまいまで彷彿とさせる句である。こうした作句の力量も尚古社の人々に伝蔵の存在を認知させた一因であったろう。

汲《くみ》上《あ》げる釣《つる》瓶《べ》手《て》かなし初《はつ》嵐《あらし》　柳蛙

〈初嵐　季・秋〉

同年作。石狩弁天社句合せ、箕山撰。

弁天社は町の最も日本海寄りの弁天町の通りの一角にあった。八月の半ばに行われた例祭は、祭灯籠を所々に掛け、町中が賑わった。その灯籠に尚古社の社員が俳句を書いた。むろん祭の句会で披露する句である。選者の箕山は加藤伝兵衛という尚古社の先達。

初嵐は初秋に吹く強風。釣瓶は縄や竿の先につけて井戸の水を汲み上げる桶（つるべおけ）である。その縄（竿）を手繰り上げる手を伝蔵は「かなし（愛し）」と詠んだ。

石狩の春光寺に前川道寛師を訪ねた折、この句の主格が話題になった。私は伝蔵その人だと思ったが、道寛師は「奥さんのミキでしょう」と語った。今は亡き道寛師の温顔を思い出しながら、この句を読み返してみると、なるほどこれは女の手である。道寛師は、かつては「水汲み」が女の仕事であったことを踏まえてそう言われたのだった。まさしく「愛《かな》し妹《いも》」である。

ミキはこの時十五歳の少女妻であり、翌年の五月に生まれる長男を宿していた。強風に髪を煽られながら、懸命に縄を手繰っているミキの手を伝蔵は見つめていたのだろう。

ミキは当時の女性としては珍しい「読み書き」の出来る人だった。伝蔵にとっては文学を語り合える若妻だったのである。

照《て》り返《かえ》す寿《す》夕《ゆう》日《ひ》に暑《あつ》し秋《あき》の蟬《せみ》　柳蛙

〈秋の蟬　季・秋〉

同年作。石狩八幡神社大祭奉額句。八幡神社は町の東端にある。その道をさらに東に進めば石狩川の河口に出る。伝蔵が石狩に来た時、初めに訪ねたのがこの八幡神社である。神主の岡村静里は尚古社の会員。掲出句の選者の松風も尚古社の先達。この句の記された奉額は石狩八幡神社に現存する。

この期の伝蔵の句は、当時の風潮であった言葉遊びや滑稽味を狙わず、技巧に陥らず、句の世界に作者の顔がありありと見える作風である。

広大な石狩の野に日が沈んで行く。夕日を眩しそうに見つめる伝蔵に、秋蟬の声が光の波紋のように届く。大きな自然の中に、全身を夕日に染めた伝蔵がいる。作者に、精神的な張りがなければ生まれない句である。伝蔵作品中、秀逸の一句。

湯《ゆ》浴《あ》ミして端《たん》座《ざ》を壊《くず》し初《はつ》嵐《あらし》　柳蛙

〈初嵐　季・秋〉

同年作。この句は前川道寛師所蔵の古い和綴の尚古社会員句帖に記されている。雨に濡れたらしく縁はぼろぼろに崩れ、文字も薄れている。伝蔵（柳蛙）の句を含む次の句が並んでいる。

初鮭や気合の多し魚市　□□
初鮭の雫ばかりや得意先　雅
不二白し筑波は赤し初嵐　戸方
湯浴ミして端座を壊し初嵐　柳蛙
雲一朶月待顔に戻りけり　以孝

伝蔵の三女・佐藤セツさんは、伝蔵は常に端座していた人だった、と語っている。端座は、秩父の大店「井上商店」の主としての生活習慣であったろう。

同じ頁に並んでいる句と比較すると、伝蔵の句だけが「己自身」を詠んでいることに気付く。旧派の「尚古社」にあって、先の「秋の蟬」の句と同じく作品に作者が存在する作風は極めて異色であったろう。伝蔵が端座を崩せるのは湯浴みの後の一刻位しかなかったのではないか。しかし「小六月」の長閑な日ではなく、強風の日である。くつろいでいるかに見える作者は、野面を走る雲の影を感じていたであろう。

尚、「くずし」に「壊」を用いたのは、「壊坐」（足を投げ出すなど、不作法な座り方）という言葉を伝蔵が知っていたからである。

妻に先立たれし加藤有隣雅君のこころを汲みて

思《おも》ひ出《だ》すこと皆《みな》悲《かな》し秋《あき》の暮《くれ》　柳蛙

〈秋の暮　季・秋〉

同年作。加藤円八（三省堂有隣）はこの時五十五歳。明治九年十月に、「俳諧教林盟社」（俳諧教導職の月の本為山らが明治七年に設立した俳諧結社）に入社している。当時の全国規模の俳諧結社にはこの他に「明倫講社」（俳諧教導職の三森幹雄が明治七年に設立）、さらに「梅黄社」（明治十七年に京都の上田聴秋設立）があった。加藤円八のように、石狩には早くから中央の結社に入会している人物がいたのである。

有隣は明治二十二年に子を亡くし、さらに二十六年に妻を亡くした。

この句は、作者の伝蔵自身が深い悲しみに浸っていることを伝えてくる。「思ひ出すこと皆悲し」とは何と率直な詠みぶりであることか。伝蔵は墨をすりながら言葉を選び、やがて「思ひ出すこと皆悲し」にたどり着いた。やおら短冊に筆をおろす時、友人の「こころを汲み」ながらも、その悲しみは伝蔵自身の悲しみと重なってきたに違いない。「ああ……思い出すことみな悲しだなあ」と呟く伝蔵の声が聞こえてくる。

伝蔵は加藤円八という山村家の支配人と昵懇の間柄であったとみえ、円八も明治二十九年に次の句を伝蔵に贈っている。

伊藤柳蛙君のはつ老を祝つて

彌《いや》栄ふ筆の林や年の花　有隣

季語「年の花」は〈春・新年〉。当時の歳時記は「新年」を春の部に入れていた。「年の花」は曲亭馬琴編『俳諧歳時記栞草』にも収録されていないが、改造社版『俳諧歳時記』(新年之部)の季題解説には「年の花は但し年頭の立花、又は年玉をいふ等異説あり」とある。

この句から、伝蔵の代書の仕事が繁盛している様子がうかがえる。

この年の五月に長男洋《ひろうみ》が生まれている。

尚、伝蔵の「初老」は明治二十六年のはずだが、円八は「明治二十九年」にこの句を贈っている。この点について、石狩町郷土研究会顧問の田中實氏より、伝蔵の生年月日に関し、次のようなご指摘を頂いた。

〈新井佐次郎著『秩父困民軍会計長　井上伝蔵』（新人物往来社）には「安政元年六月二十六日生」とあるが、明治三十五年に伊藤房次郎は数件の養子縁組や婚姻届の証人になっている。それらの書類には「安政参年八月貳拾六日」とある。〉

このご指摘により、石狩における「東京府平民　伊藤房次郎」は生年月日を「安政三年八月二十六日」としていたことがわかる。この「年・月」は伝蔵の弟莱作（安政三年八月二十一日）と同じである。おそらく、伝蔵は莱作の生年月日をそのまま用いたつもりだったのだろうが、少し間違えた。

所作《しょさ》なくも礼儀《れいぎ》慥《たしか》や年男《としおとこ》　柳蛙

（年男　季・新年）

一八九五年（明治二十八）、四十一歳。尚古社月次《つきなみ》衆議評　春秋庵主人みき雄撰。この「年男」《季・新年》は、節分の豆撒きをする男ではなく、正月、五穀の守り神「歳徳神」を祀るための準備をする男。年男の仕事は、年末の煤払いに始まり恵方棚の飾り付け、新年の若水汲み、雑煮炊きなどを取り仕切る。伝蔵はその任にあたった男の身のこなしなどは上手くないが、男の朴訥さを愛しているのである。伝蔵は日常生活では端座を崩さない人であったから、その「年男」の礼儀正しい様子に好感を持ったのだろう。
選者の春秋庵みき雄は、故郷の田中千弥の師事する俳諧明倫講社の三森幹雄である。幹雄は秩父にも来たことがあるが、伝蔵は会っていない。

煤《すす》掃《はき》て我《わが》家《や》も広《ひろ》ふ（う）思《おも》ひけり　柳蛙

〈煤掃　季・冬〉

一八九六年（明治二十九）、四十二歳。尚古社文台開、三省堂有隣撰。
「文台開」には二通りの意味がある。〈正月の初懐紙を巻く〉と〈門人が師匠から宗匠として認められ、新しい文台を用いて興行披露する儀式〉の意。ここでは前者である。「煤掃」は十二月十三日の大掃除。「煤払」ともいう。伝蔵は初句会にこの句を出した。後出の文台開の句のように、本来は「新年」の句を出すべきところである。

広いはずもない我が家を「広う思ひけり」と詠む伝蔵の顔には微苦笑が浮かんでいる。秩父の伝蔵の家は、母屋に十八畳一間、九畳一間、十畳二間、書院の間。泉水や築山をそなえた庭園もある広大な屋敷だった。

当時、房次郎（伝蔵）一家は「北十七番地」の借家に住んでいた。明治三十四年に養子縁組の証人になっているが、その署名にこの番地が記されている。職業は「無職」となっているが、代書手伝いをしていた。明治三十五年にも婚姻の仲人をしている。その頃から住所は「北七番地」となり職業は「小間物商」である。四月に、長女のフミが生まれた。

宵《よい》に勇《いさ》んだ夕部《ゆうべ》の客《きやく》も今朝《けさ》は思案《しあん》の胸算用《むなざんよう》　柳蛙

一八九六年（明治二十九）作。尚古社の会員たちは折々情歌（都々逸）も作った。伝蔵の情歌は、当時の石狩町の雰囲気を実によく伝えている。鮭鱒の漁期には、町はヤン衆（渡り漁師）であふれ返った。

「彼等の処得は頗る多額に達する者あり、従て遊廓飲食店雑貨舗等の類に散する金銭夥しく……」と、当時の地元紙「石狩新聞」にある。最盛期には三十軒を超える貸座敷、娼妓三百人を数えたという。小さな町に、魚と酒と脂粉の匂がむんむんしていたのである。

この歌から、淋しくなった懐に手を入れて、憔悴しきった朝帰りの男たちの姿が見える。伝蔵の観察眼の鋭さを示す歌である。

明治二十九年の伝蔵の作品は、右の俳句一句、情歌一首が知られていたが、二〇〇八年に、「北海道毎日新聞」を閲覧した石狩市郷土研究会の鈴木トミエ氏、田中實氏によって次の九句が発見された。

子寶の家やのきにも雀の子　石狩尚古社　柳蛙
〈雀の子　季・春〉

いつの間に小雨は晴れて朧月　同
〈朧月　季・春〉

黄昏や蚊のむれ崩す通り雨　同
〈蚊　季・夏〉

飛び入りの小男勇まし辻相撲　同
〈相撲　季・秋〉

勝相撲親の名までも褒聞けり　同
〈同〉

庄屋どのの行司振よし村相撲　同
〈同〉

しぐるゝや渡場で聞くくれの鐘　同
〈時雨　季・冬〉

水鳥の月取巻てあそびけり　同
〈水鳥　季・冬〉

水鳥や月より外に物もなき　同
〈同〉

以上の作品は二〇〇九年一月、田中實氏よりお知らせ頂いたものである。

（濁点は筆者による）

英照皇太后陛下追弔の意を捧表して

御《お》降《さが》りや仰《あおぎ》し顔《かお》に一《ひ》ト《と》雫《しずく》　柳蛙

〈御降り　季・新年〉

一八九七年（明治三十）、四十三歳。伝蔵の三女佐藤セツさん所有短冊。

「御降り」は元日、さらに三が日に降る雨や雪のこと。「追弔」は死者の生前を偲んで弔うこと。

孝明天皇の皇后である英照皇太后は一八九七年（明治三十）一月十一日に亡くなった。追弔はこの年正月の初句会の尚古社の題詠であったのだろう。

この句を読んだ社員から、恐らく次のような感想が述べられたことだろう。

「御降りは富正月ともいい、『題葉集』という古い発句集に、

おさがりやまづおもはるる秋の色　　二柳

という句も御座いまして、元日に雨や雪が降ればその年は豊穣なりという義もございます。いうなれば祝詞《ほぎごと》でございますなあ。御追弔の句としてはいかがなものでござんしょう。」

「いやいや、柳蛙さんは一ト雫に『涙のひとしずく』を掛けて、悲しみを詠まれたのでしょう。」

「はて、柳蛙さんは悲しい時は率直に悲しいと詠まれる方なので、どうもこの発句からは、何となく晴れやかな顔が浮かんで来ますなあ。」

この時、伝蔵はいささか慌てて、

「一ト雫は、涙のひとしずくと解釈して頂ければ本望でございます。」と、まだ続きそうな感想に終止符を打ったのではなかったか。

この句には伝蔵にしか解らない心情が秘められている。

伝蔵にとっては皇族の死は、すなわち「恩赦」なのである。

「一月三十一日英照皇太后崩御の大赦令公布（勅）」〈『法令全書』〉「これにより北海道内収監囚徒の三分の一の二四九五名放免される。自由民権国事犯も二十六人出獄、一人を残すのみとなる。」（『獄窓の自由民権者たち』三笠市地方史研究家・供野外吉著）

古い歴史を持つ尚古社の初句会は、旧暦の正月に行われた。この年の元日は陽暦の二月二日。したがって伝蔵は「大赦令」のことを新聞で知っていた。

すでに伝蔵は明治二十二年の憲法発布の大赦で「赦免」になっている。

「勅令第十二号ニ依リ各庁ニ於テ赦免ヲ与ヘタル人名」の中に、門平惣平、宮川津盛、大野福次郎などと共に行方不明の井上善作、大野苗吉、島崎嘉四郎、飯塚森蔵、そして井上伝蔵の名がある。この時「赦免」となったのは二十三名だった。

伝蔵がこの赦免を知らずに死んだという説もあるが、伝蔵はさほど暢気な人物ではない。代書業に従事し法律に詳しい伝蔵が新聞に発表される「大赦」の事実を知らないはずはないのだ。新聞に個々の人名が発表されなくても、「大赦」がどの程度の罪人まで「赦免」としているかを、あらゆる手段を尽くして克明に調べたはずである。これに英照皇太后崩御にともなう「大赦」が加わる。伝蔵は逃亡罪を含む自分に負わされた罪が確実に消えたことを鋭敏に感じ取っていたに違いない。

この時、伝蔵は自分のみならず、むしろ秩父事件の同志たちの「罪」の消滅について喜んでいたのだ。何故そう言えるのか。――伝蔵は名乗り出なかったからである。伝蔵には、自由党員として天朝に敵対してたたかった思想犯あるいは政治犯（国事犯）としての矜持がある。「鴻恩」「天恩」を受ける筋合いはないのだ。

前書がなければ、この句はその年の豊穣を喜ぶ句である。「追弔」としながらも伝蔵は少しも悲しんでいないことに気付く。本来は悲しみの句を詠むべき場面なのであるが、天を仰ぐ伝蔵の顔は晴れやかであり、内奥に微笑さえ湛えているとさえ思われるのは、ある喜びを隠しきれないからであろう。

友《とも》立《たち》ていとゞ淋しや雪のくれ　　柳蛙

〈雪　季・冬〉

明治三十一年二月四日の「北海道毎日新聞」の文苑欄に載った石狩尚古社の作品群の中にある。

この句は二〇〇六年（平成十八）に、鈴木トミエ氏によって発見された。お知らせくださったのは石狩尚古社記念館館主の中島勝久氏で、中島氏によると、この句会は石狩小学校長・槐牝こと源間友雄氏の鬼鹿小学校への転任に際しての俳友諸子による送別の玉吟ということである。

伝蔵は、「悲し」、「淋し」という感情表白の措辞を用いる俳人であった。

もゝ咲《さ》くや物《もの》に不《ふ》足《そく》のなき構《かま》ひ　柳蛙

〈桃の花　季・春〉

一八九九年（明治三十二）、四十五歳。石狩尚古社臨時速吟会冒頭の句。明治三十二年四月十六日付「北海道毎日新聞」の「俳諧道場」に掲載されたもので、筆者が発見した。

句意は〈庭先に桃の花が咲き、物に不足のない家構えであることよ〉と、そのままのことで、会場となった家への挨拶であろう。豪勢とも贅沢とも言わず、「物に不足のなき」と微妙な表現としたところに伝蔵の「財」にたいする感じ方を知ることも出来よう。

「多ク蔵ムレハ必ス厚ク亡フ」（老子）のであり、人々が、物に不足なく生活出来ることこそ、世の中のあるべき姿なのだ。

雲に鳥入るや白帆のならぶ上　**柳蛙**

〈雲に入る鳥　季・春〉

一八九九年（明治三十二）四月、「北海道毎日新聞」文苑欄掲載句。石狩尚古社即吟会の句。鈴木トミエ氏発見の句。気分爽快な属目吟である。

追悼

俤《おもかげ》の眼《め》にちらつくやたま祭《まつり》　**柳蛙**

〈魂祭　季・秋〉

一九〇二年（明治三十五）、四十八歳。『尚古集』及び八幡神社奉納額。

伝蔵の俳句の中で、夙に有名な句である。この年の八月十九日、尚古社は亡くなった社員十二名の追悼会を石狩能量寺において盛大に挙行した。これを機に、追善句集『尚古集』を発行するため全国から句を募集した。応募句は沖縄を含む全国におよび、その中より三五三八句が選ばれた。これに物故者遺吟、社員奉吟、客賓奉吟、社員一同による連句一を加えて編纂された。

「俤の眼にちらつくや……」と短冊にしたためる伝蔵の脳裏をよぎったものは、単に物故会員への追悼の念のみではなかったであろう。

言葉は、日常生活の中で薄れてしまった過去の想いを蘇らせる。「俤の」と、筆をおろした時、伝蔵の脳裏に蘇ったのは、秩父の同胞、そして共に秩父事件を戦った同志たちの顔だったろう。

この句は、二〇〇二年（平成十四）十一月十一日に石狩市により市内弁天歴史公園に句碑として建立された。歴史の暗部を生きてきた伝蔵に、公的機関によって光が当てられた歴史的瞬間である。石狩市郷土研究会をはじめとする地元の研究者の努力の賜である。

伝蔵句碑（著者撮影　2018・11・2）

右がその句碑の写真である。揮毫は北海道の書家、美濃北濤氏による。

夜《よ》の空《そら》と思《おも》へぬ月《つき》の光《ひかり》かな　　柳蛙

〈月　季・秋〉

＊『尚古集』には「思はぬ」とした句も載っているが、選者による添削であろう。

松《まつ》風《かぜ》に雲《くも》はらはしてけふの月《つき》　　柳蛙

〈月　季・秋〉

一九〇二年（明治三十五）作。右二句ともに『尚古集』入選作。今日からみれば拙い印象の句であるが、折々稚拙とも思える句を作れる俳人こそ非凡なのである。芭蕉は「俳諧は三尺《さんせき》の童《わらべ》にさせよ。初心の句こそたのもしけれ」（『三冊子』）と語ったという。

この句は北辺の地の空に冴えざえとかかる月への感動をそのまま表現したものであり、かえって、伝蔵の率直で明るい性格の一面を覗かせる。自然に真向かう時ほど、作者の心性は素直に現れるものであろう。

かの西行の『山家集』にも次のような歌がある。

天の原朝日山より出づればや月の光の昼にまがへる
雲はらふ嵐に月のみがかれて光えてすむ秋の空かな

伝蔵の二句は、あたかも西行の二首を俳句に詠み替えたような趣である。

次に紹介する十句は、尚古社のリーダーとして活躍した「中島呉服店」主人の鎌田池菱が『尚古集』応募作品を記録した冊子〈『尚古集』元稿〉を、子孫である中島勝久氏が一九九七年に発見して明らかになったものである。作句の年代も、この発見によって判明した。

この〈『尚古集』元稿〉には三五三八句が見事な墨筆で記録されている。当時の尚古社の実質的な運営者が鎌田池菱であったことが解る。池菱には青年時代の句稿を集めた冊子もあり、彼が若い頃から優れた俳人であったことを物語っている。
先の伝蔵の『尚古集』入選作二句と併せて十二句のうち、〈山路来て…〉の句は、春光寺所蔵の「尚古社々員俳諧帖」により早くから知られていたが、続く五句は傷みがひどく判読不能だった。また〈一声の…〉、〈名月や…〉、〈山里や…〉、〈凧もなき…〉、〈一ツ宛《ずつ》…〉の句は新発見の句である。

一声《ひとこえ》の跡《あと》は鴉《からす》やほととぎす　柳蛙

〈時鳥　季・夏〉

明治三十五年作。ホトトギスが一声激しく鳴き過ぎた後に、いつもと変わらぬ鴉の間延びしたような鳴き声が聞こえるよ、という句意。日常、どこでも聞くことの出来る鴉の声を配して、ホトトギスの声の鋭さを際立たせたものである。
ホトトギスは、古くはその鳴き声を「本尊掛けたか」、「不如帰去」と聞いた。勧農鳥という別名は、「此鳥農業を催さんため、四五月に来り、田をつくらば、はやくつくれ、時すぎぬればみのらずと鳴くといへり。故に名づく」(曲亭馬琴編『俳諧歳時記栞草』)による。最近では「特許許可局」と聞く。鳥の声の聞き方も時代を反映する。

だしぬけに只《ただ》一《ひと》声《こえ》や時鳥《ほととぎす》　柳蛙

〈時鳥　季・夏〉

明治三十五年作。「鳴いて血を吐くほととぎす」などと言われるように、この鳥の鳴き声は激しい。それが「だしぬけ」であったことの驚きを詠んだものである。「時鳥」の名は「此鳥己が来るべき時を知るゆへの名也」(『滑稽雑談』)ということによるらしい。ホトトギスにはさまざまな呼び名があり、勧農鳥、不如帰、時鳥の他に、子規、杜鵑、杜宇、網鳥、田歌鳥、田長鳥、童子鳥《うないどり》、冥途鳥などその数四十六にのぼる。鶯の十一に比べても圧倒的な数である。歌人に愛され、また怖れられた鳥である。

千《せん》秋《しゅう》の思《おも》ひや花《はな》に雨《あめ》一《ひと》日《ひ》　　柳蛙

〈花季・春〉

明治三十五年作。「一日千秋」を句に詠み込んだ。「千秋」は千年、千歳の意。「一日千秋」は、一日がはなはだ長く感じられること。思慕の情がはなはだしく、待ちこがれる気持をいう。あたたかい春の到来を一日千秋の思いで待ちこがれていたが、やっと桜の花も開き、その花に恵みの雨が降っているよ、といった句意。

今《いま》暮《く》るゝまで鳥《とり》もきつ花《はな》の山《やま》　　柳蛙

〈花季・春〉

明治三十五年作。もうあたりはすっかり暮色に包まれている。今さっきまで、この花の山に鳥も来ていたのに……、という句意。薄暮の静寂の中に、色の失せた花の山が見える。伝蔵は長い時間の経過を詠む作家である。思索に耽ることが好きだったのだろう。

暮《くれ》て散《ち》る花《はな》には風《かぜ》も一層《いっそ》よし　柳蛙

〈花　季・春〉

明治三十五年作。「一層」は「いっそ」（思い切って）である。暮れてから散るのであれば、いっそ、風が吹きさらってしまうのもよいではないか、という句意。「月に叢雲花に風」を忌むべきこととする常識を覆してみせたところに伝蔵の反骨と潔さがうかがえる。

伝蔵という男は、咲き満ちてはらりはらりと散る花の風情よりも、むしろ、風に吹き散る花の景観を好んだのではないか。

〈花に風〉といえば、「勧酒」（于武陵）を伝蔵はもとより尚古社の人々は知っていたろう。参考までに、井伏鱒二の名訳を添える。

勧君金屈巵　君に勧む金屈巵《きんくつし》　コノサカヅキヲ受ケテクレ
満酌不須辞　満酌辞するを須《もち》いず　ドウゾナミナミツガシテオクレ
花発多風雨　花発《ひら》けば風雨多し　ハナニアラシノタトヘモアルゾ
人生足別離　人生別離足る　「サヨナラ」ダケガ人生ダ

伝蔵は〈花には風も一層よし〉と詠みながら、〈人生足別離〉を感じていたことだろう。人は生きてゆく間に多くの別離を体験するが、伝蔵は振り返ってはならない境遇にあった。振り返ると自分自身が崩れるからだ。しかし、郷愁は止み難くあり、伝蔵の俳句の世界に蒼々とした深淵をなす。

名月《めいげつ》や軒《のき》に光《ひか》りし蜘《くも》の糸《いと》　**柳蛙**

〈名月　季・秋〉

明治三十五年作。鋭い写生眼の利いた句である。ひとたび闇にまぎれた蜘蛛の糸が、月の出とともに新たな光を取り戻した情景を詠んだものである。一筋流れるように漂う光である。

山里《やまざと》や日《ひ》毎《ごと》に替《かわ》る雪《ゆき》の道《みち》　柳蛙

〈雪　季・冬〉

明治三十五年作。白皚々《はくがいがい》たる雪景色の中に、はじめに現れるのは人々の生活を支える道である。行商人が行き、小荷駄を積んだ牛馬が行き交う。道は日毎にその姿を変えるのである。

伝蔵のこうした観察眼は、当時の風雅に遊ぶ句とは異なり、人々の生活の息吹を伝える。伝蔵は叙情詩人であると同時にリアリストであった。

この年四月、親船町ほか九町と生振村とを合併して石狩町が誕生した。

風《かぜ》もなき夜《よ》やしとしとと積《つも》る雪《ゆき》　　柳蛙

〈雪　季・冬〉

明治三十五年作。「しとしと雨」という常語のあるところから、「しとしとと」と言えば五月雨などの降るさまを言うように思われているが、島崎藤村などは「霙は蕭々（シトシト）降りそそいで居た」（『破戒』）と用いている。「しとしと」は「しずしず」と同義で、もともと、静かにゆっくりと物事を行うさまを言った。伝蔵はこの本義によって「しとしとと」を用いている。「しんしん（深々・森々・沈々）」を用いたい気分もあるが、「しんしん」は本来、ひっそり静まり返っているさまを言うので、雪の降り止んだ夜の形容になろうか。雪は今降り積もりつつある。

一《ひと》ツ宛《ずつ》間《あいだ》のあるや雪《ゆき》の鐘《かね》　　柳蛙

〈雪　季・冬〉

明治三十五年作。前句ともども、端座して書き物などをしている伝蔵の姿を彷彿とさせる。伝蔵は俳句に技巧を凝らさず、感じたそのままを表現する人だ。「雪の鐘」という端的な表現で、北海道の凍てついた雪原の上を渡ってくる鐘の声が聞こえてくる。

山路《やまじ》来《き》て其日《そのひ》も過《すぎ》て不如帰《ほととぎす》　　柳蛙

〈不如帰　季・夏〉

明治三十五年作。春光寺所蔵の「尚古社々員俳諧帖」では「不如帰」とある。これを採ることにする。前述のように「不如帰」は、この鳥の鳴き声が「不如帰去」と聞こえるところから来ている。

「山路来て……」といえば、

山路来て何やらゆかしすみれ草　芭蕉

『野ざらし紀行』

山路きてむかふ城下や几巾《たこ》の数　太祇

『太祇句選後編』

などが、思い浮かぶ。

伝蔵も「山路来て」と、句の「上五《かみご》」を置いたとき、これらの句を思い浮かべたことだろう。それだけに、ここで伝蔵には長い逡巡があったに相違ない。右の二句に見られるような長閑さとは違う自分の境涯に思いを馳せている伝蔵がここにいる。

「その日」とは、秩父事件を核として渦巻く青春の日々であろう。

伝蔵がこの句を『尚古集』に応募していたことが不思議に思われてならない。当時の選者がこうした内察的で観念の勝る句を採るはずがないからである。はたして採られた句は、先の平明な二句であった。この句は伝蔵の述懐である。誰にも解るまいと思いつつ捨て難かったのだろう。

この頃の伊藤家は賑やかな六人家族であり、伝蔵も養子縁組の保証人や仲人を頼まれるほどに、町の名士の仲間入りを果たしていた。商売も繁盛し、代書の筆も栄えていた。そうした日常の中に絶えず蘇るものがあったことを教える句である。孤独に耐える自省的な姿の投影も見える。この句は伝蔵の望郷の溜息である。だが、伝蔵からこの溜息の消えることがなかったが故に、臨終に際して秩父事件を「義挙」とする心底からの叫びがなされたのであろう。
「其の日も過《すぎ》て」はいかにも漠然とした表現であるが、胸中にこみ上げてくる様々な想い出を言い表すにはこう云うしかなかったのである。

芭蕉に次の句がある。

さまぐ〳〵の事おもひ出す桜哉　　芭蕉

『笈の小文』

二・伝蔵を取り巻く人々

伝蔵を取り巻く尚古社の面々の名が登場するのが次の俳諧の連歌である。

■明治二十九年頃、池菱・採花女《さいかじょ》

両吟　鯉鱗行『大根の花』

大根の花咲く日和静也　池菱
　水のぬるみて浮上る泡　採花
陽炎の眼がねはづせば遠過て
　呑み加減にて素湯をうまがる

■明治三十五年刊『尚古集』収載

脇起鯉鱗行

梅が香にのつと旭《ひ》の出る山路哉　祖翁
　残る言葉のにほふ春風　以孝
髫髪《こども》らが雲雀笛吹頃なれや　江雪
　飲加減なる白湯をうまかる　石江

きら〳〵とさゞ波光る月影に　若水
　冷つきはやき里の北うけ　西史
機《はた》たつる糸もすなほな丸額　戸方
　嫁にゆくともいわ《は》で隙《ひま》とる　松僊
御所柿を袂みやげに用意して　静里
　気はたらきさえ違ふ世わたり　池菱
盗まれし大角豆《ささげ》に垣の詮もなし　柳蛙
　ぬれ色ふかきみじか夜の月　桂舟
澱《よど》川を登《のぼる》船唄かすかにて　下
　腹痛ならば赤玉かきく　蟻卵
面ン小手のふたゝび時にあひぬらし　苔石
　おぼつかなげに遺教《ゆいきよう》は読む　石
常磐木ものんどりつゝむ花曇　露
　潮の満干も弥生なりけり　娥仙
寒食《かんしよく》を他所に藁焚くつぶら家　信

きらきらと鎌の柄光る月影に
　ひやつき早き筈よ北うけ
鬼灯を袂みやげにつかみひし
　暖簾かけて運ぶ店つき
からくりも糸ひく筋の操に
　嫁入といわで隙ねがひ込
盗まれし大角豆に垣の詮もなし
　濡色ふかきみじか夜の月
澱川をのぼる船うた幽にて
　赤玉くすり腹痛にきく
面小手をこれ見よがしに肩にかけ
　無筆といへど遺教は読む
常盤木も花のくもりに包まれて
　汐のみち干も弥生の空
寒食を余所にわらたくつぶら家

勅使迎へる道のつくろひ　東洋
養老のめでたきためし語るらん　黄樹
眼と歯はよいが耳の不自由　拝山
風呂吹に呼ばるゝあての雪見にて　山
昼出た木菟《ずく》のなぶられて居る　楽山
神かけて誓し中も絶々に　露蕉
ひきわづらへる思ひ幾筋　栄
往て戻る莨《たばこ》休に薬研堀　雪
板木打たら犬のおどろく　石江
裏おもて月の掃除のよく届き　若水
鴨上戸我がまゝに這ふ　下
湯あがりに深めし秋をおぼえける　仙
襖あければ沢庵の筆　舟
蔵建て戌亥《いぬい》へ庭をとり広げ　松僊
晴れわたりたる雨のきれいさ　戸方

勅使迎へる路の盛砂
養老と年号までも改り
達者な足に不自由な耳
風呂吹に呼ばるる当の雪見して
だまされて咲く室の紅梅
神々も誓し中も絶々に
ひきあげかねる水底の鐘
のつそりと仕事休みのふところ手
板木を打ておとす髯太
裏表月の掃除の行きとどき
鴨上戸わがまゝに這ふ
湯あがりにはじめて風もうそ寒く
襖あければ太き軸もの
字典でもわからぬ文字問い《ひ》に来て
五十集の弁に買置る雑魚

十ヲあまり二人居並ぶ花筵《むしろ》　以孝――綻る花もはつある山麓
ほのなつかしき蝶鳥の夢　池菱――蝶もふりしか明方の雨
（新漢字、濁点、ルビは引用者による。他は原文のまま）

これまで、『尚古集』の俳諧の連歌に伝蔵（柳蛙）が登場したとされてきたものが上段である。ところが、平成二年に窪田薫氏によって、俳諧集『平成元年のモザイク』が出版され、そこに紹介されたのが下段の連句である（中島勝久著『鎌田池菱と尚古社』平成七年三月二十日、石狩町郷土研究会刊より転載）。このことにより、『尚古集』の連句が、池菱・採花女の両吟に手を加え、物故会員追善雅会に際し社員を割り振ったものであることが判明した。比較すれば明らかなように、柳蛙の句も本人の作ではない。

興味深いのは社員の割り振り方で、連句の花とも言われる「恋の句」に伝蔵があてられていることである。

〈機《はた》たつる糸もすなほな丸額〉が「恋の呼び出し」で、機を織っている「いともすなほな」少女が登場する。ところが、〈嫁にゆくともいはで隙《ひま》とる〉と、不意に消えてしま

う。どうしてそうなったのかといえば、

盗まれし大角豆《ささげ》に垣の詮もなし　　柳蛙

という次第だったのだ。

大角豆は、男を竹にたとえるのに対し、女にたとえていう語である。竹が竿であり〈男根〉であれば大角豆が何を意味するかは言うまでもない。古い歌謡に「思ひ出しては死ぬほど口惜し、ならぬ大角豆に手をくれて」などがある。面倒を見てきた女を横取りされた口惜しさ。こう唄いながら臼などひいたらしい。柳蛙に続く桂舟の〈ぬれ色ふかきみじか夜の月〉が「恋離れ」である。

社員の名を割り振ったのは池菱など尚古社の古参であろう。「恋」と言えば「柳蛙」の他はないという暗黙の了解があったのだろう。何しろ柳蛙は二十三歳も年下の少女を妻にした男である。加えて、歌舞伎の女形にしたいような容貌でもある。

伝蔵が石狩の地で、人々からどんな風に見られていたかを、こうした割り振りの中にうかがうことも出来るだろう。

池菱と連歌を巻いた採花女は当時有名な女流俳人だった。

採花女（佐藤いち）　一八四四年（弘化元）〜一九〇一年（明治三十四）四月七日、享年五十七。信濃の国の人。別号を「蜂庵」（蜂のように刺す意味という）。池永大虫《だいちゅう》と同棲し江戸に住んだ。のち郷里に帰り、再び上京し浅草区旅籠町に住んだ。小森卓朗に学び、のち橘田春湖門。男性的で奇行の多い女性と言われた。三森幹雄と大虫が喧嘩をしたとき、幹雄に組み付いてその被服を破ったという話が伝えられている。明治十一年、大虫七回忌追善集『無弦琴』を上梓。編著『袖日記』（明治八）、連句集『穂あかり』（明治九）などがある。

「尚古社」には、倉庫業の財閥の社長、漁場支配人、大店の店主、戸長、会社社長、医師、僧侶、神主、郵便局長、小学校長などの町の「名士」がずらりと顔を並べている。ひとり柳蛙だけがこれといった肩書のない会員であった。ここに加わるには、肩書を超えてあまりある才知と人柄がそなわっていなければならなかった。伝蔵にはそれがあったのである。

俳諧結社「尚古社」の面々は次のような人物である。出典は前川道寛著『石狩俳壇誌』（北海道教育社、昭和六十年）、『鎌田池菱と尚古社　中島家資料にみる石狩俳壇と各地の俳人たち』（著者・中島勝久、発行者・石狩町郷土研究会〈石狩市郷土研究会〉会長・田中實　平成七年三月二十日発行）である。

淇水（井尻静蔵）明治八年石狩に来住、石狩鮭漁場七か所、厚田鰊漁場を経営、明治三十五年没、四十六歳。

有隣（加藤円八）天保十年生まれ。井尻家支配人。石狩郡親船町総代人。明治九年、月の本為山の「俳諧教林盟社」に入社。明治三十四年没。六十二歳。伝蔵はこの人物と親交を結んだ。

月耕（髙橋浪華）元水沢藩士。樺太アイヌ授産教師。石狩郡若生町八幡町総代人。

箕山（加藤傳兵衛）旅人宿経営。

以孝（藤田利兵衛）嘉永四年二月、松前（福山）生まれ。初め松前の漁業家村山家に仕え、石狩の村山家に移る。後に井尻家漁業部支配人となる。明治三十二年町総代人他多くの公職に就く。同三十五年尚古社社長。明治末期、井尻家とともに小樽に転住。大正十二年小樽で没。七十二歳。

露蕉（山田得兵衛）文政六年松前（福山）生まれ。幼少から俳諧の道に入り、明治十二年、小樽郡勝納町石狩に来る。同二十五年、『山田露蕉古稀之賀句集』発刊、石狩では最も古い印刷の俳誌である。函館の俳人、孤山堂無外とも親交があった。明治四十一年没、八十五歳。

興信（馬場興信）　明治七年生まれ。石狩町浄土宗法性寺住職。後の俳名を以蕉。昭和十八年一月四日没、六十九歳。

江雪（高橋儀兵衛）　嘉永六年、越後国加茂町生まれ。明治十七年石狩に来る。同二十年、官設の石狩缶詰所（明治十年創業の本邦初の洋式缶詰所）の貸与を受け、のち払下げにより経営主となる。同四十年から町会議員。大正十年没、六十八歳。祖父も梅卜と号して俳句を作った。伝蔵と親しく交流した人物。

石江（富田安宅）　天保六年生まれ。明治四年伊達藩岩出山支藩伊達邦直主従の当別移住に加わり来道、石狩詰となる。医師。明治二十一年から同三十七年七月まで第二代石狩郵便局長。質業。尚古社幹事。のち、当別町に転住。

若水（畠山清太郎）　元治元年、石川に生まれる。漁業、荒物商、酒造業。明治三十二年、町総代人。同三十六年、石狩水産組合長。石狩水産補修学校長。同四十二年、第二代石狩町長。明治四十五年没、四十八歳。

西史（上野　正）　弘化三年、薩摩国谷山村に生まれる。士族。開拓使官吏から樺太アイヌ共済組合長となる。町総代人。漁業。のち札幌に転任、札幌区会議員。明治四十五年、鹿児島市で没、六十六歳。

静里（岡村静雄）　嘉永元年、鳥取市（現）に生まれる。同地で神職及び教職に就き、明治十八年札幌神社に奉職、明治二十年に石狩に来て、第二代石狩八幡神社宮司に就任。社殿の新築、境内の整備に尽くす。国学の造詣深く、詩歌にも堪能。大正十二年没、七十五歳。石狩に来た伝蔵が鮭を提げて最初に訪ねた人物である。静里は、伝蔵とほぼ同時期に石狩にやって来たことになる。

戸方（中島房蔵）　明治三年生まれ。中島呉服店二代目。呉服・太物・雑貨販売業。同三十二年町総代人。同三十七年、町会議員、のち小樽に転住。大正十二年札幌市で没、五十三歳。

池菱（鎌田幹六）　万延元年佐渡国生まれ。中島呉服店主。明治三十五年頃は尚古社幹事。大正十二年に以孝の後を継いで尚古社社長となった。昭和十一年石狩で没、七十六歳。この大商家の蔵に膨大な資料が眠っていた。伝蔵の句の多くが、その資料の中から発見された。膨大な資料は、現在、中島家四代目の勝久氏（石狩尚古社資料館館主）によって管理されている。池菱は勝久氏の曾祖父。

桂舟（加藤一魯）　文久三年生まれ。明治十八年から石狩郡親船町外九町三村戸長。同三十五年二級町村となり、石狩町・花川村組合長。尚古社幹事。

桃下（中島源五郎）　元治元年、福島県梁川町生まれ。士族。明治二十九年、初代生振小学校長。同三十六年、石狩町花川村組合役場収入役。尚古社追悼会臨時主任。のち石狩を去る。

松僊（飯尾円蔵）　安政元年八月、能登国志雄村に生まれる。石川県師範学校卒。のち小学校長を歴任。明治二十五年、石狩能量寺（真宗大谷派）二代目住職に就任。昭和八年没、七十九歳。

露光（田中伊勢治）　天保三年、陸中国上閉伊郡大槌村生まれ。明治二十年石狩に来る。種物商・雑穀商。尚古社社員北眠の祖父。明治三十九年没、七十四歳。

松山（羽生酉蔵）　明治二年生まれ。羽生商店主。呉服・太物・荒物業。

黄樹（横山順倫）　石狩郵便局長。

二休（川俣可堂）　元会津藩士。明治三年頃、山田村に入植。俳句を趣味とし普及指導にあたっていた。社会党代議士だった故川俣清音の祖父。

紫峰（佐藤久助）　北海道俳句協会長を務めた俳人山岸巨狼の祖父。

【註】『尚古集』には「厚田　抱月」の句も収録されている。抱月は本名を土方常吉といい、野付牛で伝蔵と再会し、伝蔵死去に際し葬儀委員長を務めた人物。

佐藤セツさんの回顧談に、伝蔵と常吉は選挙の立ち会い演説会で激しくヤジを飛ばし、警察に引っ張られたことがあるという。伝蔵と同じ世界観の持ち主であったようである。石狩尚古社資料館には常吉から池菱に宛てた墨筆の書簡が残されているが、実に流麗な筆致で、高い教養を身に付けていた人物であることが想像される。『尚古集』に残る常吉（抱月）の俳句を次に……。

ちる花の法会や後も花盛　抱月
遠山も隈どる花の盛りかな　同
水音の外《と》に光《かげ》はなしけふの月　同
暖《ぬく》さうにうもる、雪の山家かな　同
花のちるはじめは風もなき日かな　同

山裾と我家もなりぬ雪の朝　　同
花の香やこゝろのすゝむ朝掃除　　同

浪《なみ》なりに刎《は》ねた儘《まま》なり小殿《こと》原《ばら》　　柳蛙
〈小殿原　季・新年〉

一九〇四年（明治三十七）、五十歳。尚古社文台開。渡辺人也《じんや》選。選者の渡辺人也（永助）は前年の明治三十六年に石狩尋常高等小学校の校長として赴任してきた。以後、伝蔵と親交を結ぶ。渡辺夫人は短歌で名をなした人である。

「小殿原」は正月料理の「ごまめ」のこと。一般的には「弓なりに」とでもするところだが、それでは、小さな「ごまめ」に相応しくないし表現に工夫がない。そこで伝蔵は「浪なりに」としたのだろう。波間に躍る小さな命を感じているのだ。ごまめの姿を、このように表現するのも一つの才覚であろう。

松《まつ》も琴《こと》暫《しば》し止《とど》めて初《はつ》日《ひ》かな　柳蛙

〈初日　季・新年〉

明治三十七年作。「松籟」の籟は笛のことなので、「松も笛……」とするところであるが、伝蔵は「松も琴」として新年のめでたさを表現したのだろう。初日の昇る厳かな静謐を詠みとめたもの。

茸《たけ》狩《がり》や柴《しば》にうたるゝ向《むこ》ふ（う）脛《ずね》　柳蛙

〈茸狩　季・秋〉

明治三十七年作。石狩八幡神社奉灯俳句、渡辺人也撰『石狩俳壇誌』所収。

伝蔵が、やはり秩父の山の人であることを思わせる句である。家族や知人と共に茸採りに行ったのだろう。山に入って、俄に行動的に振る舞う伝蔵の姿が見える。伝蔵の句には生々しく作者の姿がある。当時の作風としては極めて異質であることを念頭に置いて鑑賞したい。この句は、鞭のように撓う灌木の小枝を分けてゆく脚絆を巻いた足の素早い動きを伝える。俳句の世界が躍動している。

鹿《しか》鳴《な》くや京《きよう》は近《ちか》しと思《おも》はれず　柳蛙

〈鹿鳴く　季・秋〉

明治三十七年作。蝦夷鹿の鳴く声がする。

世の中よ道こそなけれ思ひ入る山の奥にも鹿ぞ鳴くなる　藤原俊成

が思い浮かぶ。

〈この世を捨てようと思っても、どこへ行ってもその道はないものと思われる。思いなやんで山へ来てみたのに、こんな山奥にも憂きことがあるとみえて、鹿が悲しい声で鳴いている〉といった歌意。
伝蔵の場合は、〈はからずも世を捨てるように北の辺地にやって来たのだが、こうして鹿の鳴く声を間近に聞いていると、しきりに「京《みやこ》」が思われてならない。しかし京は近くはない。ああ、はるばるとやって来たものだなあ〉となるだろう。望郷の思いの色濃く滲む一句である。

刈《か》り残《のこ》す小《こ》村《むら》境《ざかい》の薄《すすき》かな　柳蛙

〈薄刈る　季・秋〉

明治三十七年作。伝蔵の観察力の鋭さを示す句である。村人たちにとって、「村境」は微妙な場所である。島崎藤村の『夜明け前』にあるように、その位置を巡って流血の事態を招くことさえある。秣《まぐさ》を刈るにも村境を越えてはならない。その境に薄を刈り残すのは、村落共同体同士の大切な約束事なのである。垣のように刈り残された薄が、鮮やかに逆光に映えている景が見える。

菊《きく》つくるのも巧《こう》者《しや》なり薬《くすり》ほり　柳蛙

〈菊作、薬掘る　季・秋〉

明治三十七年作。『石狩俳壇誌』所収。献燈俳句。

薬草採りの旅の人が、どこかの寺にでも投宿していたのだろうか。草木のことはさすがによく知っていて、菊作りもみごとなものである。「どこから来なすった」などの会話が聞こえてきそうである。

菊作きくより白きつむり哉　一茶

が思い出される一句である。

献燈俳句は祭の日に神社に献じる行灯に俳句を書いたもの。神社の参道や町の辻々にこの行灯を置く。秩父地方でも盛んに行われていた。

山《やま》里《ざと》の果《か》報《ほう》や昼《ひる》も虫《むし》の声《こえ》　柳蛙

〈虫の声　季・秋〉

明治三十七年作。この句は『尚古集』に、

山住みの果報や昼も時鳥　余市　応井

が既にあるので類句ということになる。伝蔵は二年前に出された『尚古集』をつぶさに読んで、この句が印象に残っていたのだろう。真似るつもりはなくとも、類想、類句がはからずも生まれることは俳句作家の誰しもが経験することである。

三. 年代不詳の作品

尚古社文台開情歌

長《なが》いお顔《かお》にみじかいお髪《かみ》高《たか》い帽子《ぼうし》に低《ひく》い鼻《はな》　柳蛙

都々逸

名《な》さへお福《ふく》でお多福娘《たふくむす》めたれが仕禍《しわざ》の福《ふく》れ腹《ばら》　柳蛙

後者は、尚古社資料館所蔵の都々逸集の作品。松山撰。柳蛙の他に、松山、林一、娥仙、梅童、若水、西史、池菱、松風、戸方、松仙、露蕉の作が収録されている。林一、梅童が存命中なので、明治三十五年以前のものである。

戸方（中島房蔵）は、中島呉服店二代目。松山（羽生酉蔵）は、中島呉服店番頭から羽生商店店主（呉服・太物・荒物業）となった人物。

水《みず》に浮《う》くちりも花《はな》なり吉野山《よしのやま》　柳蛙

〈花　季・春〉

尚古社資料館所蔵の発句集。苔石撰の「地」位の句。柳蛙の他に、雷庵、其雪、黄樹、池菱、北眠、以蕉、香城など。雷庵（矢島文次郎・代書業）が小樽から石狩に来住したのは明治三十九年（『石狩俳壇誌』）なので、この年の作か。黄樹（横山順倫）は、三代目石狩郵便局長。

悼

友《とも》去《さ》りてから暫《しばし》して入梅《つゆ》ふかし　柳蛙

〈入梅　季・夏〉

伝蔵の甥・井上幹三氏所有短冊。子孫に残された短冊は筆馴らしに書いたものだが、短冊にするからには俳句仲間の追悼であろう。尚、諸書には「暫しと入梅深し」と紹介されているが「暫して」の誤読と思われる。作者は、梅雨の頃の、仄暗い部屋に端座して静かな悲しみに沈んでいる。

高橋翁の金婚を祝して

たぐひなき千《ち》代《よ》の睦《むつみ》や梅《うめ》柳《やなぎ》　柳蛙

〈梅、柳　季・春〉

短冊。これ以降の短冊は全て佐藤セツさん所有のものである。「高橋翁」は年齢から推して儀兵衛（一八五三年生）の父仁兵衛と思われる。そうであれば、一九〇三年（明治三十六）以降の句ということになる。

この句の季は「梅」「柳」でいずれも《春》である。柳は、嫋柳（たおやなぎ）という呼び名もあるほどに、細くけむるように垂れさがっている姿が艶に美しいところから、女性にたとえられる。芭蕉の句に〈梅柳さぞ若衆かな女かな〉があり、梅柳を男女にたとえるのは俳諧では常套のことであった。翁だけではなく、媼に気を配るところがいかにも伝蔵である。

捧吟

日《ひ》の恵《めぐ》みはるは氷《こおり》も砕《くだ》けとぶ　**柳蛙**

〈春季・春〉

短冊。「捧吟」とあるから、どこかの神社の春祭の句会での作だろう。伝蔵の短冊をつぶさに観察した山内英正氏の論考『井上伝蔵の俳諧短冊』によれば、この句の原句は〈日の恵み受けて氷も砕け梟《けり》〉であるが、伝蔵自ら推敲した跡がある。

この句は、石狩川に張った氷が春の到来とともに、雪解川の水勢によって砕け飛ぶさまを活写したものであろう。氷が「砕け飛ぶ」は、一般的には「氷解く」《季・春》ということになるが、それでは北国の雄渾な自然の変化を表現出来ない。伝蔵は、「氷も砕けとぶ」としたのだろうが、季が春になるかどうか迷ったのだろう。そこで、「はるは」としたのであろう。だが、この句は原句のほうが良い。日の恵みを受けて氷が砕ける、といえば、断らなくても春である。

しかし、春を迎えた作者の喜びが躍動している句である。「日（お天道様）」は農民の自然信仰の中で際立った存在であり、まさに「日の恵み」である。厳しい北辺の地の凍雲を引き裂くようにやって来る春は、朧の春ではなく澄明な激しい春である。石狩の名士然として暮らす伝蔵の、内面に湛える激しさの表出した句である。

隅《くま》もなく日《ひ》の照《て》る庭《にわ》のすみれかな　柳蛙

〈菫　季・春〉

短冊。すみれを詠みながらも伝蔵は、後世のいわゆる星菫趣味とは無縁である。氷と雪の消え去った土の上にひと群の菫を発見した。その小さな命への愛惜を詠んだものである。長い北海道の冬が終わり、雪も消えて土が顔を出す日を北国の人々は心待ちにする。「隅もなく日の照る庭」も半年ぶりである。そこに、可憐な命が芽吹いているのである。

追悼

白菊《しらぎく》の香《か》を汲《く》みて袖《そで》ぬらしけり　柳蛙

〈白菊　季・秋〉

短冊。白菊の香であるから、亡くなった人は女性であろう。供花の白菊の香りを汲みながら、思わず涙で袖が濡れたことであった、という句意。

沢に生ふる若菜ならねどいたづらに年をつむにも袖はぬれけり　藤原俊成

など、「袖ぬらす」は和歌の常套句。石狩時代の伝蔵が和歌にも親しんでいたことを思わせる句である。

秩父の子孫の所有する巻物に収録されている「柳蛙」（逸井名ではない）の俳句のうち、初めて明らかになった句は次の二句である。

明《あ》け空《ぞら》を見《み》よとて鳴《な》かん初《はつ》がらす　柳蛙

〈初鴉　季・新年〉

この句は北海道の子孫の記憶によるものだろう。それを秩父の遺族が聞き取ったものと思われる。言い伝えられるうちに形が変化したようである。
原句はたぶん、

明け空を見よとて鳴きぬ初がらす
明け空を見よとて鳴けり初がらす

のいずれかであろう。「自由民権家　柳蛙」と記されているところから、伝蔵の研究が進んだ後に秩父の子孫に伝えられた作品であろう。
この句からは、逃亡の暗い表情は見えない。かえって、逆境にあっても胸を張って、あるいは自分を鼓舞して生きる伝蔵の姿が見える。伝蔵はいつも黎明を見つめる人である。

吊《つる》したる菜《な》にも程《ほど》よき小《こ》春《はる》かな　　柳蛙

〈小春　季・冬〉

北海道の伝蔵家も干菜を軒先に吊したものと思われる。子孫のどなたかに遺された短冊にあるのだろうか。「程よき」に、風のないあたたかな小春日和の明るさがある。

二〇〇二年（平成十四）十一月九日、吉田町における第二回秩父事件特別講演会の日、私は講師の一人として参加したが、その折、来場された佐藤セツさんの長男佐藤知行さんから、セツさん口伝の伝蔵の短歌一首を教えて頂いた。

白菊《しらぎく》も野菊《のぎく》も萩《はぎ》も枯《か》れはててひとりやさしき友《とも》も逝《ゆ》きたり　　伊藤房次郎

北海道時代の伝蔵が短歌も作っていたことを証す貴重な歌である。

「白菊も野菊も萩も枯れはてて」と寂寞の景が続き、「友も逝きたり」と悲嘆の措辞で終わる。

しかし、伝蔵はこの寒く悲しい世界に一点のともしびを灯すのである。それが「やさしき友」である。伝蔵の作品にはいつも、このともしびが胸の奥に火種のように灯っている。

四．存疑の作品

以下の句は子孫所有の短冊であるが、署名がないので伝蔵の作と断定は出来ない。筆の立つ伝蔵が誰かに依頼されて書いたものとも思われる。

短冊「送別」とある。

見極の人かも花の誉かな　（署名なし）

短冊「添田君の還暦を賀して」と前書。

昇る日に添て薫るか梅の花　（署名なし）

右の二句とも伝蔵の筆跡。句を短冊にしたためるのは、慶弔など特別な折である。挨拶であるから、右の句のように人名を詠み込むなどの工夫をすることになる。

五．井上宅治（伝蔵の甥）の作とされる俳句

石狩春光寺の前川道寛師より、次の二句のコピーを頂いた。二句とも伝蔵の筆跡ではない。残念なことに、短冊の署名の部分は欠けている。この短冊と共に伝蔵の甥・井上宅治（卓生）の短冊を紹介している。

短冊

裳《も》どるより外に道なし閑古鳥　（署名欠損）

短冊

年□の書斎に寝かすブリタニカ　卓生

（□は不明の文字）

伝蔵の三女佐藤セツさんが「これは伝蔵の甥の宅治の句」と証言したものがこの句である。この短冊と、先の短冊の文字は酷似している。セツさんによれば、宅治は伝蔵がアメリカへ亡命したと思い、ニューヨーク・タイムズに尋ね人の広告を出したことがあったという。国内の新聞にも広告を出していた。宅治は英語に堪能だった。

一八八九年（明治二十二）二月十一日に憲法発布の大赦があった。

同年二月十三日付の「東京朝日新聞」の「雑報欄」が大赦を報じている。以下その一部を記す。

●大赦を受くべき犯罪（勅令第十二号を以て公布）

一、不敬罪。二、内乱に関する罪、明治十六年の「福島事件」の河野広中等。三、外患に関する罪、「大阪事件」の大井憲太郎等。四、凶徒聚衆の罪、「秩父暴動」その他。（以下略）

この勅令により井上伝蔵に科せられていた罪も消滅した。伝蔵が青年時代に親しく交流していた大井憲太郎も釈放された。三月二日の新聞は本郷真砂町の大井家に支持者が陸続として押し掛けているようすを報じている。

大井憲太郎は新聞に次のような広告を載せた。

迂生在獄中ハ御訪問又ハ差入物等を辱ふし帰京の際御出迎を蒙り尚又出獄祝宴の御招待に預り銘肝の至に堪へず早速拝趨御礼可申陳の処疲労罷在候間乍略儀新聞紙上にて不取敢御礼申上候

本郷区真砂町三十七番地

大井憲太郎

ところが、三月二十九日の新聞は、大井憲太郎の代言業復権願が東京始審裁判所において却下されたことを報じている。民衆に人気のある大井を野放しにしたくない権力側の仕打ちであった。

同年三月三十一日付の「東京朝日新聞」に次のような尋ね人の広告が載った。発見したのは秩父事件研究顕彰協議会の会報担当者高島千代氏である。次に拡大して紹介する。

叔父
井上傳藏儀國事犯の廉を以て逃走中の處今般大赦の恩典を蒙り全く晴天白日の身と相成候間同人居所御存知の諸君ハ御一報被下度候尤應分の謝禮可仕候
日本橋區松島町
三十二番地
井上卓二

※これらの記事は、千代田区立九段図書館蔵の新聞縮刷版で確認した。

井上宅治（卓二）は伝蔵の兄兵作の子。若くして死去した兵作に替わって伝蔵が息子のように可愛がった。宅治は外国人教師もいた神田の「共立学校」で英語を学んだ人物である。宅治は「東京横浜毎日新聞」（のちの「毎日新聞」）に勤め、次に「東京毎夕」、最後に「読売新聞」に入り、囲碁欄を担当していた。著名な知人との交流も多く、遺族に残された手紙には、村松梢風、木谷實、巖谷小波、木下尚江、伊藤鶴吉、前田曙山、遅塚金太郎などのものがある。村松梢風とは三越の企画顧問を務めていた。

〈裳どるより……〉の句も、宅治の句であろう。

伝蔵の葬儀の日は英国皇室のコンノート殿下の来日を迎える特派員の任があり、葬儀には参加できなかった。宅治は慶応三年生まれ、昭和二十一年没、七十九歳。

以上の内容は、宅治の養子の徳雄氏から小池喜孝氏がうかがったこと、さらに係累の東京都港区在住の安倍恵子氏からのお便りによる。

小池喜孝氏は北見時代の伝蔵を調査すると共に北海道の開拓史の研究で著名な歴史家。岩波現代文庫に『鎖塚』の労作がある。

佐藤セツさん所有の短冊に次のようなものがある。


寂しさと憂しとは別よ閑古鳥　娯水撰（伝蔵の筆跡とは異る）

井尻ちせを君の開店を祝して
年毎に殖る宝や蔵ひらき　朴人（伝蔵の筆跡）

卯の花に年遅かれとおもひけり　其風
捨扶持の恩をやはらに語り皃　其風
友の来てふそくなき日や春の行　社風撰

これらの句は伝蔵の作か否か不明である。

田中實氏より「井尻ちせを」の写真が、中島勝久氏の記念館に残されていた、との報を頂いた。田中氏は「井尻姓なので初代井尻半左衛門の兄弟の子である可能性が強い」とされる。このことから、朴人（伝蔵の筆跡）の短冊は石狩時代に書かれたものであることがわかる。石狩尚古社の一員である伝蔵が「柳蛙」以外の俳号を用いることはあるまい。これらも筆の立つ伝蔵が他者に依頼されて書いたものと推察される。「其風」名の句も同様ではなかろうか。

※

○俳句　五十五句（連歌の付句は除く）
○短歌　　二首
○情歌　　三首

この諸作品が、今日までに発見された井上伝蔵の全作品である。

今後も北海道の研究者諸氏による熱心な探索によって、新たな作品が発見されることと思われるが、それらの成果によって井上伝蔵の作品群はますます充実することだろう。

それにしても、没後百年余の今日（二〇二四年）に至るまで、秩父事件の一介の指導者である伝蔵に、これほど人々が関心を寄せ続けてくれた事例は近代史上稀なことであろう。伝蔵は幸せな男である。

終章　伝蔵探索三十四年の旅の終りに

一・身代限り

わが家に残る古い文書の中に、明治十七年の秩父事件当時下吉田村（現・秩父市吉田）椋神社の祠官であった梅村相保《すけやす》が書いた過去帳がある。

その中の曾祖父久五郎の項に、次の一行がある。

「一人ノ為ニ家産ヲ失フナリ」

一人とは久五郎のことかと思ったが、続く息子太治郎の項に、

「明治十七年父久五郎誤テ□□□□□ニ地券十七枚ヲ貸シ終ニ流池トナリ家禄ヲ失フナリ」（□の部分に実名が入っている。）

とあり、「一人」とは当時村の有力者であったある人物であることを知った。

久五郎は「身代限り」（破産）となり、明治十七年九月二十五日に四十九歳で没した。

この曾祖父のやや早い死とその時期には何か不自然なものを感じさせる。当時、負債農

民の自死が相次いでいたからである。久五郎の死の一ヶ月あまり後に秩父事件が勃発する。

一九七九年（昭和五十四）四月に、埼玉新聞社から『秩父事件史料』（補巻）が出され、全六巻が完結した。この補巻所載の「裁判言渡原本綴」に祖父の名があった。

中島多次郎　二十二歳十月　下吉田村四百十八番地平民農
明治十七年十二月十四日言渡　罰金二円五十銭

「被告人」の陳述などは全く無視した即決の判決である。

祖父の正確な名は「中嶋太治郎」だが、番地は正しい。判決文には「竹槍ヲ持参シ」とある。

予想していたことであったが、祖父太治郎は事件に参加していた。祖父の住んでいたのは下吉田村小暮耕地と呼ばれる集落で、史料を見ると集落のすべての家が事件に参加している。

祖父の家は二階建ての母屋と蔵一棟のある家で、一家はこの家に明治二十二年まで住み、太治郎の母由志《よし》の死を機に、債主に明け渡し、祖父は弟と共に杣木挽きとなって秩父の山野を渡り歩く生活に入った。

尚、私の祖先の場合、事件に参加したのは「曾祖父」ではなく「祖父」である。太治郎は山暮らしのため晩婚で、私の母の生まれたのは明治四十年である。

井上伝蔵の「丸井」井上商店は、祖父の住んだ小暮耕地とは吉田川を隔てた対岸にひらけた井上耕地にあった。吉田川沿いには旅館や商店が軒を連ねていた。下吉田村は「糸繭・絹市」の立つ村であったから近隣の村はもとより、上州からも商人がやってきた。

二、国内亡命

永年井上伝蔵という人物を追ってきたが、その実像に迫ることの困難さを感じ続けた歳月であった。一つには残された資料が極めて少ないことである。史実を重視する歴史家の諸氏が伝蔵に触れたがらないのはここにあるだろう。

もう一つは、伝蔵が農民軍本部解体後逃亡した「負の側面」を持つ人物だからである。田代栄助その他の尋問調書が語るように、蜂起に至る過程で伝蔵はブレーンとして中心的な存在だった。それだけに、事後、事件の責任者として何故名乗り出なかったのか、何故腹を切らなかったのか……の批判は後世の評者の心情の中に潜むことになった。

事件直後、「時勢阿房太郎経《あほだら》」が何者かによって作られた。その一節に、「黠知《かっち》の大長ハ金銀くすねて身成拵え《しんしょうこしら》何処へか出奔……」とあるのは、会計長であった伝蔵を指していると思われる。だが伝蔵は事件参加によって財産を失ったのである。

【註】黠知《かっち》は「わるがしこい知恵」の意だが、秩父市立図書館蔵の資料には「点知の大長」と書かれており、意味不明とされてきた。原文を写した人物が「黠」を「黠」と読み、さらに新漢字の「点」としたのである。

井出孫六氏が、伝蔵の北海道への逃避行をいみじくも「国内亡命」と言ったのは、伝蔵への評価をめぐる混沌からの鮮やかな脱皮であった。

少ない資料を辿って伝蔵を追ってゆくと、伝蔵は「おおそれながら」と、時の権力に両手を差し出して縛に就くような人物ではなかった。彼は時の圧政政府と対決する自由民権思想の持ち主であった。

次に、伝蔵ら逃亡した指導者に対し、犠牲になった同志たちへのせめてものお詫びに「自首」や「切腹」を期待する評者もいた。その批判は、前時代の「義人伝」の域を出ないばかりか、「切腹の思想」にとらわれたものである。さらに、「不和随行」と言われる多数の参加者が抱く個々の意思を見ず、彼等は指導者に付き従った「犠牲者」であったという論もある。

私は本書の中で祖父のことを書いた。なるほど、祖父は秩父自由党のオルグの呼びかけで事件に参加した。だが、祖父は言われるままに盲従したのではない。自らの怒りによって参加していったのである。

大野福次郎の勧めで自由党員となり、事件に参加した金尾村の桑原定八は、「誰に言われて参加したのか」の問いに、「誰より聞知せしと云ふにあらず、自然村内の人気が寄りたる訳に有之候」と供述した。定八はリーダーである福次郎に責任を転嫁しなかった。自分の意志で参加したと言った。

私は「万余の参加者には万余の意志があった」と思っている。命終に至るまで祖父が怨み続けたのは、事件の指導者に対してではなく、家産を失わしめた村の有力者のある人物に対してであり、指導者への怨みなどは寸毫も無かったと思う。無学の祖父ではあったが、事件の昂揚の最中には私憤を公憤に高めた一瞬もあったことだろう。

その太治郎に、井上伝蔵のことを訊ねたならどう答えたであろうか。たぶんこう言ったに違いない。

〈丸井の旦那ともあろうお人が、よくぞわしらと一緒に出てくれたもんでがんす。〉

太治郎などより遙かな思想の高みに達し、官兵との戦いで負傷し、捕縛を嫌い自らの喉を突いた新井助三郎の思想は「切腹の思想」ではない。時の権力に裁かれることを拒否する行為である。

後世の事件研究者は、その農民の死を悲しみ、そうするまでに彼を追いつめた権力をこそ怒るべきで、彼の死の悲壮さを美化してはなるまい。讃えるべきは彼の到達した思想である。およそ美しい死などは無い。死を「散華」などと美化する思想は、先の世界大戦で他国の侵略に国民を駆り立てるためのデマゴギーであった。

もし仮に、官兵との戦いで倒れた農民が私の祖父であったなら、私の母も、そして私もこの世に存在しなかった。死とは、以後との一切の断絶なのだ。

伝蔵に「自首、死刑」を、「切腹」を期待する評者は、人の命というものをどう考えているのであろうか。私は、田代栄助、加藤織平、坂本宗作、大野苗吉、高岸善吉、新井周三郎など全ての人々が逃げ延びてほしかったと考えるものである。自由民権運動家の馬場辰猪はアメリカに亡命し、かの地で明治政府の圧政をするどく批判した。

秩父地方随一の大店矢尾商店の番頭矢尾利兵衛による『矢尾日記』が書き留めているように、民衆を「土芥」の如く見なす権力に、「潔さ」などを示す必要は少しも無かろう。逃亡というかたちで、権力の黒い手によって裁かれることを拒否した彼等を、後世の私たちに裁く資格はない。

井上伝蔵は逃げた。北辺の地に「俳句」というかすかな足跡を残しながら生き続けた。

三．ある僧との出逢い

北海道時代の作品の多くは前川道寛著『石狩俳壇誌』によった。前川師には、一九九一年（平成三）の初秋に初めてお訪ねして以来、三度お会いし、貴重な資料を拝見した。そこで私は、前川師が資料探索の興味を超えて、伝蔵という逃亡者を心から慈しんでおられることを知った。私は一人の人物の足跡を辿ることの意味がそこにあることを教えて頂いた。前川道寛師に最後にお会いしたのは一九九五年の八月末だった。その時、古い句帖に消えぎえに残る伝蔵の句〈浴ミして端座を壊し初嵐〉を発見した。その折、道寛師は、「久し振りにこんな句を作ってみました」と、次の句を口吟まれた。

影曳いて笑顔行き交ふ春の土手　　道寛

師の温顔の思い出される秀吟である。

一九九六年二月、前川師は永年取り組んでこられた労作『澄月園池菱　清雅帖石狩尚古社連句集』の解読を終え上木された。同年九月一日、石狩町は市になったが、市制祝の際、前川師は「文化功労者」として表彰された。「澄月園池菱」は「石狩尚古社」の中心人物である。

前川師は、一九一三年（大正二）に石狩町大字生振に生まれ、旧制北海中学を経て臨済宗大学を卒業、同村の妙法山春光寺の住職になられた。若き日に栗木踏青（本名・栗木重光。内藤鳴雪に師事。武田鶯塘の「南柯」、牛島滕六の「時雨」編集同人を経て「樹心」を創刊。昭和二十年十一月没。四十二歳）に俳句を学ばれた。この若き日に文学青年であったことが、後に石狩地方の文化発掘に献身される素地となったのであろう。

一九九六年（平成八）十月二十九日、前川師は忽如として遷化された。春秋八十四。前掲の俳句はまさに「辞世」の一句であった。

伝蔵の作品は、その後、新たに池菱の孫、中島勝久氏（石狩尚古社資料館館主）や石狩市郷土研究会の方々によって発見の取り組みがなされてきた。本書にも新発見の作品を紹介させて頂いた。

四．石狩のコスモポリタニズム

二〇二四年（令和六）は秩父事件一四〇周年、井上伝蔵生誕一七〇年に当たる。

私が井上伝蔵とその俳句を追い求めはじめたのは一九九〇年（平成二）からで、それから十年後の二〇〇〇年（平成十二）に、それまでの探索の内容を『井上伝蔵——秩父事件と俳句』（邑書林）として刊行した。その後、秩父事件一二〇周年の年に『井上伝蔵とその時代』（埼玉新聞社）をまとめた。今回の『井上伝蔵の俳句』で伝蔵とその俳句探索の旅も三十四年になる。

井上伝蔵が北海道で所属した「尚古社」は、一八五六年（安政三）から続く旧派俳諧が中心の俳諧結社であった。

正岡子規が新聞「日本」に「獺祭書屋俳話」を連載し、俳句革新運動の先駆けとなったのは一八九二年（明治二十五）で、以後近世末以降の旧派の弊風を打破し、写実を基本とする俳句革新・短歌革新に取り組んだ。その影響は北辺の石狩にはなかなか及ばなかったが、「中島呉服店」の社長で東京に商用で出掛けていた鎌田池菱によって中央俳壇の動向がもたらされていた。当時の高名な俳人たちも選者として石狩を訪れている。

鎌田池菱はその財力によって著名人の書や俳句短冊などを蒐集した。その膨大な資料は子孫である中島勝久氏に引き継がれ、私設「石狩尚古社資料館」に収蔵されている。勝久氏によって発見された伝蔵直筆の短冊もその中にある。

伝蔵自身が俳句の家の出であったこと、石狩の地に尚古社という俳諧結社があったこと、この偶然の結びつきがなかったなら、伝蔵は俳句を作り続けられたであろうか。さらに、名士の仲間入りをして石狩の地で職を得、家庭を築き生活しえたであろうか。

俳諧の結社とその仲間たちが伝蔵を精神的にも物質的にも支えてくれたのである。石狩に住む人々そのものが他国からやってきた移住者である。そのことが伝蔵のような「流れ者」を受け入れるコスモポリタニズムとも云うべき風土性を作っていたのである。尚古社の中心人物の鎌田池菱も佐渡の出身である。

伝蔵の俳句を探し続け、遺し続けてくれた石狩の人々、特に石狩春光寺の前川道寛師、石狩市郷土研究会を率いてこられた篤学の士・田中實氏、「石狩尚古社資料館」館主の中島勝久氏には特段のご支援を頂いた。

伝蔵の故郷秩父においては、伝蔵の弟の萊作の子孫が、井上家一族の俳諧を残してくださった。その俳諧集のコピーを秩父事件研究顕彰協議会の篠田健一氏、元吉田町教育委員会職員の引間春一氏より提供して頂いた。

秩父文化の会の代表で永年地方文化誌「文芸秩父」を発行し続けた田島一彦氏には私の小論を同誌に掲載して頂いた。

金子兜太、井出孫六両先生には「文芸秩父」掲載の拙文に対して折々激励して頂いた。

北海道新聞編集委員の嶋田健氏は、拙著を同紙に紹介してくださった。『秩父の俳句紀行』を上梓された地方史研究家で写真家の野口正士氏のご協力も得た。

伝蔵の姪志げ、直に関する資料は横瀬町の浅見重夫氏のお世話になった。

さらに、二松学舎大学名誉教授・矢羽勝幸氏には秩父地方に多数の門人を有した月院社何丸《なにまる》と、その子の尺木堂公石（のち龍石）についてご教示頂いた。

尺木道公石が秩父札所三十三番菊水寺で客死していたことなどはこれまで誰も触れていなかった驚くべき情報であった。

今回の拙著出版に際しては、朔出版の鈴木忍さんのお世話になった。本書は、これらの方々のご支援、ご協力によるものである。記して衷心より御礼申し上げる次第である。

讃　井上伝蔵

草《そう》莽《もう》の志《し》士《し》として立つ北《き》颪《た》の中　　鬼谷　謹詠

井上伝蔵年譜（兼　近代史略年表）

一八三七年（天保八）
吐普加美《とほかみ》講の創始者井上正鉄《まさかね》、秩父大宮郷に来る。後年、秩父における自由党員第一号となる**中庭蘭渓**、論議の末入門。二月、「大塩平八郎の乱」。六月、アメリカ船モリソン号、漂流民を護送して浦賀に入港、浦賀奉行これを砲撃する。

一八三九年（天保十）
渡辺崋山、**高野長英逮捕される**（**蛮社の獄**）。井上正鉄、幕吏に追われ秩父日野沢村重木の中庭蘭渓の許に身を寄せる。

一八四〇年（天保十一）
四代井上伝蔵宣将、**葛飾派今日庵より柳日庵白駒の号を受ける。**

一八四一年（天保十二）
井上正鉄逮捕、翌年二月釈放。**松本萬年の師・寺門静軒の『江戸繁昌記』発売禁止となる。渡辺崋山自刃。**

一八四二年（天保十三）
十一月、井上正鉄再び逮捕。翌天保十四年五月、三宅島に流される。六年後に同島で没。

一八五〇年（嘉永三）
十月晦日、**高野長英、隠れ家を捕吏に襲われ自決。**

一八五二年（嘉永五）
伊古田純道、甥の岡部均平と共に我が国初の帝王切開に成功する。

一八五四年（嘉永七）
六月二十六日、井上伝蔵生まれる。幼名治作。父は組頭類之助（のち類作）、俳号連日庵都名。母は高崎藩士斎藤佐平の長女そで（俳号楚亭）。治作は次男。長男兵作、長女せき、次女みね。この年六月三日、丸井商店の当主四代井上伝蔵宣将（俳号白駒）死去、三十七歳。九月十三日にその妻津屋死去、三十一歳。十二月、安政と改元。

一八五六年（安政三）　伝蔵二歳

八月二十一日、弟萊作生まれる。

一八五八年（安政五）　四歳

後に秩父時代の伝蔵の妻となる**斎藤古ま**生まれる。江戸浅草・斎藤伊豫の長女。

一八六四年（元治元）　十歳

六月十一日、五代井上伝蔵慶治（俳号武甲）病死、十九歳。類之助の次男治作が、六代井上伝蔵（俳号逸井）となる。

一八六六年（慶応二）　十二歳

この年より一八六九年まで連年大凶作。米価高騰し庶民困窮する。六月、**武州一揆起こる**。小鹿野、吉田方面にも余波が及び、丸井商店も金五十両、米三十俵を約束したが、一揆勢は武装した追っ手によって壊滅した。**伊古田純道「賊民略記」**を書く。この年、伝蔵の姪（姉せきの子）井上直生まれる。

一八六七年（慶応三）　十三歳

十月十四日、将軍、大政を奉還。十二月九日、王政復古の大号令出る。四月七日、伝蔵の甥（長兄兵作の子）井上宅治生まれる。

一八六八年（慶応四・明治元年）　十四歳

一月三日、鳥羽伏見の戦い（戊辰戦争）起こる。三月、「神仏判然令」（以後、廃仏毀釈運動起こる）。七月十七日、江戸を東京と改称。九月八日、明治と改元。十月十三日、天皇、東京に到着。江戸城を皇居と定める。

一八六九年（明治二）　十五歳

三月、西秩父地方に村方騒動起こる。丸井商店は窮民救済二十五両を施す。八月、民選により名主、組頭、百姓代を選ぶ。井上類之助は組頭継続。十月、下吉田村は天朝領岩鼻支配所となる。この年、改名する者多く、類之助は類作、後年、伝蔵を土蔵に匿った斎藤新左衛門は新七となる。

一八七〇年（明治三）　十六歳

四月六日夜、中庭蘭渓の息子一家、八名の暴漢に惨殺される。八月十五日、蝦夷地を北海道と改称。九月、平民に苗字の使用を許可。十二月、「横浜毎日新聞」創刊、初の日刊紙。

一八七一年（明治四）　十七歳

三月五日、兄兵作病死、三十二歳。七月十四日、廃藩置県。八月、鎮台兵組織。十月八日、特命全権大使岩倉具視らを欧米に派遣。

一八七二年（明治五）　十八歳

正月、下吉田村入間県所属となる。十二月一日徴兵令発布。十二月三日、太陽暦を採用、この日を明治六年一月一日とする。福沢諭吉『学問のすゝめ』。

一八七三年（明治六）　十九歳

六月、入間、群馬両県を合わせて熊谷県とする。春秋庵幹雄ら、俳諧師教導職試験に合格。俳諧師が初めて政府の役人となる。「とほかみ講」が認可され禊教《けいきょう》と改称し、布教を始める。一月十日の徴兵令制定に反対する農民騒動が全国で頻発する。九月十三日、岩倉具視ら欧米視察より帰国し、十月二十四日、西郷隆盛・板垣退助・江藤新平の征韓論を退ける。同日、西郷ら三人は参議を辞職。この年、森有礼ら**「明六社」創立**。

一八七四年（明治七）二十歳

一月十七日、江藤新平・板垣退助ら八人、民撰議院設立建白書を提出。加藤弘之これに反対し時期尚早論を発表。二月一日、江藤新平、佐賀で挙兵（三月一日鎮圧）。三月、「明六雑誌」創刊。四月十日、**板垣退助ら、土佐で「立志社」を結成**。この年、秩父の**松本萬年、娘の荻江上京**し、九段に女子教育のための「止敬塾」を開設する。東京女子師範学校設立。

一八七五年（明治八）二十一歳

一月八日、学齢を六歳から十四歳までと定める。一月十二日、東北三県の士族を募り、北海道屯田兵を創設。三月、板垣退助は参議に復帰するが、十月辞任。六月、新聞紙条例制定（政府批判などを禁止）。出版条例・讒謗律を制定。九月、出版条例改正、罰則付加。十一月、**「明六雑誌」**、**言論統制の強化に対抗し自主廃刊**。松本萬年、東京師範学校教授となり、東京日日新聞の客員となる。松本萬年『田舎繁昌記』を著す。萬年の娘荻江、荻野吟子と共に東京女子師範に合格。この年二月、井上伝蔵宅が戸籍仮会所となる。

一八七六年（明治九）二十二歳

三月十五日、**植木枝盛**、「郵便報知新聞」へ投稿した「猿人政府」のため、禁獄の宣告を受け、五月十五日まで入獄。八月、**秩父地方は熊谷県から埼玉県となる**。

この年四月、下吉田村椋神社境内に椋宮学校新築、木造三階建。蜂起の際、本陣となる。製糸業好況。新聞紙条例、讒謗律により「評論新聞」、「湖海新聞」、「草莽雑誌」の三誌の発行禁止。地租改正反対の農民一揆相次ぐ。

一八七七年（明治十）　二十三歳

一月四日、地租軽減（三分から二分五厘に減）の詔勅発布。二月十五日、西郷隆盛兵を挙げ、**西南戦争起こる**。四月、開成、医学両校合併し、東京大学と改称、初代綜理に加藤弘之就任。六月九日、**立志社の片岡健吉ら国会開設の建白書を提出**。九月二十四日、**西郷隆盛自刃**し、西南戦争終わる。この年、モース東京大学の教師として来日。四月十五日、後年、伝蔵の妻となる**高浜ミキ**、北海道檜山郡江差町に生まれる。

一八七八年（明治十一）　二十四歳

七月十七日、政治結社・集会に警察官の立会い・解散の権限強化。七月二十七日、高島炭坑で賃上げ要求の暴動起こる。八月二十三日、近衛砲兵大隊の暴動（竹橋騒動）。この年、大久保利通暗殺される。与謝野晶子生まれる。

一八七九年（明治十二）　二十五歳

十一月七日、愛国社大会、国会開設上奏の署名集めを可決。**伝蔵、連合村議会の副議長に選出される**。啓蒙思想に彩られた祝辞・演説行われる。植木枝盛『民権自由論』。生糸一斤四円六十三銭。

一八八〇年（明治十三）　二十六歳

三月十七日、愛国社、「国会期成同盟会」と改称。集会条例制定。政治結社・集会の事前許可制、警官の集会解散権が定められる。四月十九日、片岡健吉、河野広中ら二府二十八県八万七千余人署名の国会開設請願書を上書。生糸一斤六円九十一銭。

一八八一年（明治十四）　二十七歳

井上直、東京九段の松本荻江の「止敬塾」に入る。五月、下吉田村萬松寺で田中千弥主催の歌仙に伝蔵、類作、善作ら参加。八月、戸長斎藤謙二、汚職が発覚し辞職。十月、新任戸長斎藤平兵衛は筆生に肥土伊与吉、井上誠一郎、**井上伝蔵**を置く。十月十一日、御前会議で、国会開設の勅諭発布。開拓使官有物払下げ中止、大隈重信の参議罷免などを決定（十四年の政変）。同十二日、「明治二十三年に国会開設」の勅諭出る。同十八日、**自由党結成会議**。**板垣退助、総理に選ばれる**。同二十一日、松方正義、参議兼大蔵卿に任命され、松方財政始まる。十一月二十二日、内務省、加藤弘之の絶版届に基づき『真政大意』『国体新論』の販売禁止。この年九月、島崎藤村、上京し、泰明小学校に通学。後年、井上直がこの小学校の教師となる。十月二十九日、**自由党結成**（**初の政党**）。生糸一斤七円九十二銭の高値。

一八八二年（明治十五）　二十八歳

一月四日、軍人勅諭発布。四月六日、板垣退助、岐阜で襲われ負傷。同十六日、立憲改進党結党（総理大隈重信）。六月二十五日、自由党機関紙「自由新聞」発刊。九月十七日、自由党内で、**板垣退助・後藤象二郎の外遊反対を決議**。十一月十一日、**板垣退助渡欧**。**自由党内に対立生まれる**。十二月一日、**河野広中**ら政府転覆の盟約作成容疑で逮捕される（福島事件）。加藤弘之、思想転向の書『人権新説』刊。

伝蔵の唯一の蔵書として遺された『自由平等

論』（スチーベン著・小林營智訳）刊。この年、中庭蘭渓、自由党に入党。伝蔵の甥宅治、蘭渓の塾に通う。生糸一斤六円九十二銭。

一八八三年（明治十六）　二十九歳

一月、馬場辰猪『天賦人権論』、植木枝盛『天賦人権弁』刊。三月二十日、北陸地方の自由党員、政府転覆容疑で逮捕される（高田事件）。四月十六日、改正新聞紙条例（言論取締まり、格段の強化）。六月二十九日、改正出版条例（発行十日前に内容の届け出）。この年一月七日、**伝蔵は古まを妻に迎える**。十月二十日入籍。八月、村役場の筆生を十二名に増員。伝蔵は留任。九月、中庭蘭渓没、六十七歳。十一月十六日、自由党臨時大会。「解党し政府打倒の挙兵」が多数意見。

この年村上泰治ら八名が自由党に入党。暮に、落合寅市、坂本宗作、高岸善吉の三人が郡役所へ借金年賦返済願を提出するも却下。十二月、徴兵令改正（現役・予備・後備制度確立）。生糸一斤三円八十八銭に暴落。不況深刻化。倒産、自殺相次ぐ。

一八八四年（明治十七）　三十歳

二月、大井憲太郎秩父へ来る。以後、自由党に多数入党。三月十三日、自由党春季大会に村上泰治、高岸善吉ら参加。五月十五日、群馬事件。五月二十二日、井上伝蔵、自由党に入党。六月一日、伝蔵と古まの娘・布伝《ふで》誕生。同月、村上泰治、密偵殺しの嫌疑で逮捕される。六月二十五日、日本鉄道上野・高崎間開通式。

八月十日、和田山集会、初の負債農民の集会。

八月二十一日、井上伝蔵、飯塚森蔵、**田代栄助を訪問するも不在。**九月二日、堀口幸助ら、田代栄助を訪問。

九月六日、阿熊村新井駒吉宅で負債農民（困民党）幹部会議。田代栄助参加。

九月七日、高岸善吉宅で幹部会議、運動方針決定。井上伝蔵、自由党本部訪問。九月二十三日、茨城、福島の自由党員ら十六名、革命を叫び、翌日警官隊と乱闘（**加波山事件**）。

九月二十七日、千鹿谷会議。各村の代表参加。債務者の組織化を決定。**大野福次郎、伝蔵より短歌一首を贈らる。**

九月三十日、大宮郷警察署へ高利貸説諭の誓願、却下さる。

十月四日、高利貸への集団交渉開始。

十月十二日、**井上伝蔵宅で幹部会議。武装蜂起を決定。**

十月二十六日、粟野山会議、蜂起を十一月一日と決定。

十月二十九日、**大阪で自由党解党。**

十月三十一日、風布村と周辺の農民決起。**先発の大野福次郎ら逮捕。大野苗吉ら金沢村永保社を襲撃。**

十一月一日、**下吉田椋神社において武装蜂起。**役割表・軍律五箇条を発表。甲乙二隊に分かれ小鹿野町へ進む。途中高利貸焼き討ち。小鹿野町にて高利貸と交渉。焼き討ち、打ち毀し。

二日、早暁小鹿野町を出発、長尾根の音楽寺で大宮郷突入の態勢を整える。正午頃、大宮郷に入る。役人等はすべて逃げ去る。**郡役所を革命本部とする。**

三日、警察、郡役所、裁判所の書類を焼く。高利貸を打ちこわし、焼き討ち。東京憲兵隊出動。午後三時、農民軍、親鼻の渡しで憲兵隊と銃撃戦。

四日、甲大隊長**新井周三郎**、捕縛していた警官に切られ農民軍に混乱生ずる。昼前、東京鎮台一大隊上野駅を出発。午後三時、**田代栄助、井上伝蔵ら皆野を離れ本陣解体。**

午後十一時、児玉郡金屋村に進んだ農民軍と鎮台兵銃撃戦。村田銃初めて使用される。

五日、軍隊・警官隊大宮郷に入る。「人民を見ること土芥のごとし」と『矢尾日記』にある。

菊池貫平率いる一隊、群馬を抜け長野へ進む。

九日、菊池の一隊、高崎鎮台と警官隊の銃撃を受け、野辺山高原にて潰走。

この年九月、**荻野吟子**医術開業試験前期に合格。

一八八五年（明治十八）　三十一歳

井上伝蔵、欠席裁判で死刑の宣告を受ける。田代栄助、加藤織平、新井周三郎、高岸善吉の死刑執行は五月十七日。坂本宗作の死刑執行は九月一日。

十一月二十三日、朝鮮でのクーデターをめざす計画（大阪事件）発覚し**大井憲太郎、落合寅市ら逮捕される。**

この年三月、**荻野吟子、医術開業試験後期に合格し最初の開業女医となる。**

七月、「**女学雑誌**」創刊。十月、明治女学校開校。一月、**馬場辰猪**、投獄される（翌年六月無罪放免）、**のちアメカへ亡命。**松方デフレによる不況続く。

一八八六年（明治十九）　三十二歳

六月十二日、甲府雨宮生糸工場争議・女工約一五〇名がスト実施、わが国最初のストライキ。七月、井上直『日本婦人纂論』出版。序文は中村正直。矢島楫子ら、婦人矯風会創設。婦人解放運動高まる。伝蔵は斎藤新左衛門の土蔵を出て、家族と別れを惜しみ新潟へ向かう。後、仙台へ。この年、北海道移民激増。

一八八七年（明治二十）　三十三歳

伝蔵、石狩原野の開拓民募集の広告を見て、ひそかに北海道に渡り、伊藤房次郎名で応募する。この年、保安条例によって尾崎行雄、中江兆民、片岡健吉ら五七〇名に皇居三里外へ立退き命令下る。

一八八八年（明治二十一）　三十四歳

伝蔵、春から開墾に従う。石狩八幡神社宮司岡村静雄を訪ねる。高島炭鉱事件、雑誌「日本人」の報道で重大問題化。

一八八九年（明治二十二）　三十五歳

この年、伝蔵の父井上類作の田畑が人手に渡る。二月十一日の憲法発布の大赦で伝蔵ら「赦免」、門平惣平、宮川津盛ら出獄。十月五日、斎藤新左衛門没、五十四歳。

一八九〇年（明治二十三）　三十六歳

この頃、井上直、泰明小学校の教師となる。七月、第一回総選挙。この年十月、教育勅語渙発。十一月、第一回帝国議会開会。

一八九一年（明治二十四）　三十七歳

一月九日、第一高等中学校に内村鑑三不敬事件起こる。十二月十八日、田中正造、議会に足尾鉱毒問題質問書を提出。六月七日、中村正直没。五十九歳。

一八九二年（明治二十五）　三十八歳

八月四日、伝蔵は伊藤房次郎名で石狩の樽川村（現・石狩市）の土地四万八千坪（十六町歩）を借り上げ開墾に従事。本籍を東京府日本橋区北鞘町とし、石狩郡親船町北一七番地に寄留。この年、伝蔵は**高浜忠七の長女ミキ（十五歳）と結婚**。土地の名義をミキの父親に書き換え、自らは代書手伝いをして生活費を得る。秩父時代の妻の古まは消息不明の伝蔵と別れ、東京の実家に帰った。この年、一月一日石狩灯台点灯。一月二十三日、植木枝盛没（三十五歳）。毒殺との説あり。

一八九三年（明治二十六）　三十九歳

九月、房次郎（俳号柳蛙）、俳諧結社石狩尚古社社員として石狩八幡神社大祭の奉納句を残す（作品は本文参照）。正岡子規、俳句革新運動を起こす。

一八九四年（明治二十七）　四十歳

五月十八日、長男洋《ひろうみ》誕生。八月一日、清国に宣戦布告（**日清戦争**）。この年、「剣舞節」（日清談判破裂して…）大流行。八月、福沢諭吉「日本臣民の覚悟」（時事新報）。五月十六日、北村透谷自殺。

一八九五年（明治二十八）　四十一歳

三月、伝蔵と古まの娘**井上布伝**、吉田尋常高等小学校卒業。三月二十八日、土蔵潜伏の伝蔵を支えた**斎藤喜以**没、三十七歳。四月、日清講和条約調印。戦勝気分、全国にみなぎる。十月、子規「俳諧大要」。虚子「俳話」。軍歌大流行。新聞の発行停止相次ぐ。

一八九六年（明治二十九）　四十二歳

四月二十一日、長女フミ誕生。六月十五日、三陸地方に大津波、死者二万七千余。十一月二十三日、樋口一葉没、二十四歳。

一八九七年（明治三十）　四十三歳

七月二十七日、伝蔵の母そで死去。七十三歳。三月三日、足尾銅山鉱毒被害地の代表約八百人、農商務省を囲み、鉱業停止を請願。被害民騒擾で憲兵出動。古河鉱業に鉱毒排除命令出る。

労働組合結成の動き全国に起こる。十二月、「労働世界」（片山潜主筆）創刊。

この年、一月、俳句誌「ほとゝぎす」創刊。

一八九八年（明治三十一）　四十四歳

十月三十一日、次女ユキ誕生。十月、片山潜、河上清、村井知至ら、「社会主義研究会」設立。

一八九九年（明治三十二）　四十五歳

四月十六日付「北海道毎日新聞」の俳諧道場欄に「石狩尚古社臨時即吟会」が紹介され、柳蛙の一句が載る。十月、幸徳秋水ら東京に普通選挙期成同盟会を組織。

この年、子規、『俳人蕪村』を著す。木下尚江、「毎日新聞」に入社。のち、伝蔵の甥宅治の上司となる。二月、「毎夕新聞」創刊。

一九〇〇年（明治三十三）　四十六歳

五月十八日、三女セツ誕生。前年に続き、八幡神社に金五十銭寄付。

この年二月、木下尚江、足尾鉱毒問題を毎日新聞でキャンペーン。井上宅治も尚江の部下として取材。三月、治安警察法公布。

一九〇一年（明治三十四）　四十七歳

伝蔵、養子縁組の証人になる。伊藤房次郎・

石狩郡親船町北十七番地、無職と記す。六月、星亭刺殺さる。十二月、**田中正造**、天皇に足尾鉱毒事件を直訴。二月三日、福沢諭吉没、六十六歳。十二月十三日、中江兆民没、五十四歳。

一九〇二年（明治三十五）　四十八歳

秋、石狩尚古社物故会員追善法要行われる。伝蔵、五十銭寄付。追善句集『尚古集』に作品を残す。厚田の**土方常吉**（抱月）の句も載る。

伝蔵、養子縁組、婚姻届など計五件の証人になる。伊藤房次郎、安政三年八月二十六日生、小間物商、住所は親船町北七番地と記す。

五月、北海道夕張で大日本労働至誠会が結成される。呉と東京の軍の工廠でストライキ起こる。教科書疑獄事件起こる。九月十九日、正岡子規没、三十五歳。

一九〇三年（明治三十六）　四十九歳

四月、**渡辺永助**（俳号・人也）石狩尋常高等小学校長に赴任。以後伝蔵と親交を結ぶ。十二月二十五日、伝蔵の父類作死去、八十四歳。

一九〇四年（明治三十七）　五十歳

二月一日、ロシアに宣戦布告（**日露戦争**）。伝蔵、養子縁組の証人になる。親船町北七番地、職業小間物商。木下尚江「東京毎日新聞」に「火の柱」連載（一月一日〜三月二十日）。

一九〇五年（明治三十八）　五十一歳

四月一日、次女ユキ石狩尋常高等小学校に入学。四月八日、伝蔵の兄兵作の妻登志子死去、五十七歳。九月五日、日露講和条約調印。日比谷焼討事件。東京に戒厳令。ロシアの労働者蜂起、第一次革命起こる。

一九〇六年（明治三十九）　五十二歳

一月十日、**渋沢栄一**、**浅野総一郎**ら石狩石炭株式会社（資本金一五〇〇万円）設立を出願。石狩地方の石炭採掘・運搬鉄道敷設・石狩河口に港築造を計画、のち中止となり石狩は大混乱となる。

四月六日発行の「石狩実業家案内」に「イ 小間物・文具商伊藤房次郎 石狩町大字親船町南四番地」と掲載される。伝蔵、代書手伝いをやめる。六月、次男季雄生まれる（四十一年没）。九月、石狩八幡神社祭典委員になる。祭典に一円寄付。

この年二月、堺利彦ら日本社会党第一回大会を開催。三月、東京市電値上げ反対市民大会、軍隊出動し鎮圧。

一九〇七年（明治四十）　五十三歳

石狩八幡神社祭典委員、祭典に一円寄付。

一月、「平民新聞」発刊。二月、足尾銅山で大暴動、軍隊三個中隊出動。北海道幌内炭鉱で暴動軍隊出動。別子銅山労働争議に軍隊出動。片山潜らの結社禁止、書物の発禁相次ぐ。口語自由詩盛んとなる。新傾向俳句起こる。

石川啄木、函館に来る。

一九〇八年（明治四十一）　五十四歳

三月二十八日、三男郁男誕生。四月十日、ロシアと樺太島境界画定書調印。荒畑寒村ら出獄の同志歓迎に赤旗を掲げて逮捕される（**赤旗事件**）。内相原敬、社会主義者取締り状況を天皇に上奏。伝蔵上京（ふでの子・小池もと証言）。石川啄木、一月下旬から三月末まで釧路新聞社に在籍。

一九一〇年（明治四十三）　五十六歳

六月十二日、小樽、石狩実業青年会主催の石狩川遊覧会が地方財界人を招待して挙行される。伝蔵は宿舎係を担当。

この年五月、**大逆事件**の大検挙始まる。この検挙に世界各地で抗議行動起こる。

八月、日韓併合条約調印、「朝鮮」と改称。

堺利彦、**大杉栄**、**荒畑寒村**ら「**売文社**」創設。

秩父郡下小鹿野村の田島梅子が社員として働く。石川啄木『一握の砂』刊。

この年、**岡部清太郎**、釧路新聞の記者となる。

一九一一年（明治四十四）五十七歳

六月、**伝蔵一家は石狩を去り**、**札幌に移住**、下宿「石狩館」を開く。同月九日の「北海タイムス」に北海中学在学中の長男洋の名が「不良学生団」の一員として載る。十七日の同紙に訂正記事載る。

この年一月、大逆事件判決。十二月、東京市電スト（片山潜指導）。

九月五日、**田島梅子没**、二十二歳。

岡部清太郎、釧路新聞野付牛支局主任として赴任。

一九一二年（明治四十五・大正元）五十八歳

五月、**伝蔵一家札幌を去り野付牛（現・北見市）に移住**。土方常吉に再会する。

四月十三日、石川啄木没、二十六歳。七月三十日、大正と改元。

一九一八年（大正七）　六十四歳

伝蔵、六月二十三日午前八時、**野付牛町の自宅で死去**。秩父の親族弟茱作、その次男義久葬儀に参列。甥宅治は葬儀に間に合わなかったが、遺骸と対面した。野付牛町の聖徳寺に埋葬。戒名は〈彰神院釈重誓〉。実弟莢作は分骨を抱いて帰郷し、故郷で葬儀を行った。この時伝蔵を土蔵に匿った斎藤新左衛門（新七）の息子貞作は恩人として上席に座った。秩父における戒名は〈覚翁良心居士〉。

伝蔵の死を「**釧路新聞**」「**北見新聞**」「**東京毎夕新聞**」「**東京朝日新聞**」が秩父事件巨魁の死として報道した。この報道により、忘れ去られていた秩父事件が近代史上によみがえることになった。

この頃、米騒動に全国で一千万人が参加し、六三二五人が収監された。

編著者略歴

中嶋鬼谷（なかじま きこく）　本名　幸三

埼玉県秩父郡小鹿野町出身。1939年4月22日生まれ。

加藤楸邨に俳句を学ぶ。「寒雷」暖響会員（同人）。

1993年7月3日、楸邨師逝去。翌年「寒雷」退会。

2019年、季刊俳句同人誌「禾」を折井紀衣、川口真理と共に創刊。のち、藤田真一参加。2024年冬、「禾」二十号をもって終刊。

句集『雁坂』（蝸牛社）、『無著』（邑書林）、『茫々』（深夜叢書社）、『第四楽章』（ふらんす堂）
評論『乾坤有情』（深夜叢書社）
評伝『加藤楸邨』（蝸牛社）、『井上伝蔵―秩父事件と俳句』（邑書林）、『井上伝蔵とその時代』（埼玉新聞社）、『峡に忍ぶ―秩父の女流俳人、馬場移公子』（藤原書店）
俳諧集『弘化三年刊　そのにほひ』翻刻・解説（私家版）

現住所　〒160-0011　東京都新宿区若葉1-2-3

秩父事件《ちちぶじけん》 農民軍会計長《のうみんぐんかいけいちょう》　井上伝蔵《いのうえでんぞう》の俳句《はいく》

2024年10月1日　初版発行

編著者　　中嶋鬼谷

発行者　　鈴木　忍
発行所　　株式会社 朔《さく》出版
〒173-0021　東京都板橋区弥生町 49-12-501
電話　03-5926-4386　　振替　00140-0-673315
https://saku-pub.com　E-mail　info@saku-pub.com

装　丁　　奥村靫正・星野絢香／TSTJ
装　画　　倉林一雄
印刷製本　中央精版印刷株式会社

ISBN978-4-911090-17-6　C0092　¥1000